人间·名家经典散文书系

冬

陈子善　蔡翔　主编
郑扬　编选

山东文艺出版社

图书在版编目(CIP)数据

冬/郑扬编.—济南：山东文艺出版社，2013.5
(人间·名家经典散文书系/陈子善，蔡翔主编)
ISBN 978-7-5329-4063-9

Ⅰ.①冬… Ⅱ.①郑… Ⅲ.①散文集-中国-现代
②散文集-中国-当代 Ⅳ.①I266

中国版本图书馆 CIP 数据核字(2013)第 062260 号

冬

郑 扬 编
陈子善 蔡 翔 主编

主管部门	山东出版集团
集团网址	www.sdpress.com.cn
出版发行	山东文艺出版社
社　　址	山东省济南市英雄山路 189 号
邮　　编	250002
网　　址	www.sdwypress.com

读者服务	0531-82098776(总编室)
	0531-82098775(发行部)
电子邮箱	sdwy@sdpress.com.cn

印　刷	宁波市大港印务有限公司
开　本	890mm×1240mm　1/32
印　张	6.25　插页/3
字　数	132 千字
版　次	2013 年 5 月第 1 版
印　次	2013 年 5 月第 1 次印刷
书　号	ISBN 978-7-5329-4063-9
定　价	20.00 元

版权专有，侵权必究。如有图书质量问题，请与出版社联系调换。

编辑例言

中国素来是散文大国,古之文章,已传唱千世。而至现代,散文再度勃兴,名篇佳作,亦不胜枚举。散文一体,论者尽有不同解释,但涉及风格之丰富多样,语言之精湛凝练,名家又皆首肯之。因此,在时下"图像时代"或曰"速食文化"的阅读气氛中,重读散文经典,便又有了感觉母语魅力的意义。

本着这样的心愿,我们对中国现当代的散文名篇进行了重新的分类编选。比如,春、夏、秋、冬,比如风、花、雪、月等等。这样的分类编选,可能会被时贤议为机械,但其好处却在于每册的内容相对集中,似乎也更方便一般读者的阅读。

这套丛书将分批编选出版,并冠之以不同名称。选文中一些现代作家的行文习惯和用词可能与当下的规范不一致,为尊重历史原貌,一律不予更动。考虑到丛书主要面向一般读者,选文不再注明出处。由于编选者识见有限,挂一漏万在所难免,因此,遗珠之憾也将存在。这些都只能在编选过程中逐步弥补,敬请读者诸君多多指教。

目录

江南的冬景 .... 郁达夫 1

白马湖之冬 .... 夏丏尊 5

济南的冬天 .... 老　舍 7

北平的冬天 .... 梁实秋 9

冰雪北海 .... 张恨水 13

上海年景 .... 吴祖光 15

昆明年俗 .... 汪曾祺 18

雪的回忆 .... 穆木天 20

故乡的新年 .... 苏雪林 31

在一个飘舞雪花的冬夜 .... 玛拉沁夫 36

解冻 .... 徐开垒 41

松坊溪的冬天 .... 郭　风 43

南半球的冬天 .... 余光中 46

| 雪，误落都市 | 雷抒雁 | 53 |
| 俄罗斯那微黄的初雪 | 陈丹燕 | 60 |

腊八粥	冰　心	67
炉火	臧克家	69
雪	黄苗子	72
花床	缪崇群	75
冬天	汪曾祺	77
龙灯花鼓在民间	蝶　媒	80
云南冬天的树林	于　坚	86
冬之花季	郭　枫	93
冬景	林　榕	96
冬日青菜	顾村言	100
雪的滋味	刘　墉	104

冬天	朱自清	111
雨雪时候的星辰	冰　心	113
初冬浴日漫感	丰子恺	114
雪	靳　以	117

冬天的情调……………钱歌川 120

又是冬天……………萧　红 125

冬天…………………南　星 128

过年…………………苏　青 131

年……………………季羡林 136

冬阳・童年・骆驼队………林海音 142

冬日絮语……………冯骥才 145

雪后…………………蒋子龙 148

冬景…………………贾平凹 151

炉火…………………张　炜 155

冬天的好处…………周　涛 159

我与冬天的交往……谢大光 165

雪天音乐……………迟子建 168

我是你的雪人………张立勤 174

冬之梦………………乔　迈 181

室内乐：冬季………赵柏田 183

江南的冬景

◎郁达夫

凡在北国过过冬天的人,总都知道围炉煮茗,或吃涮羊肉,剥花生米,饮白干的滋味。而有地炉、暖炕等设备的人家,不管他门外面是雪深几尺,或风大若雷,而躲在屋里过活的两三个月的生活,却是一年之中最有劲的一段蛰居异境;老年人不必说,就是顶喜欢活动的小孩子们,总也是个个在怀恋的,因为当这中间,有的是萝卜、雅儿梨等水果的闲食,还有大年夜、正月初一、元宵等热闹的节期。

但在江南,可又不同;冬至过后,大江以南的树叶,也不至于脱尽。寒风——西北风——间或吹来,至多也不过冷了一日两日。到得灰云扫尽,落叶满街,晨霜白得象黑女脸上的脂粉似的清早,太阳一上屋檐,鸟雀便又在吱叫,泥地里便又放出水蒸气来,老翁小孩就又可以上门前的隙地里去坐着曝背谈天,营屋外的生涯了;这一种江南的冬景,岂不也可爱得很么?

我生长江南,儿时所受的江南冬日的印象,铭刻特深;虽则渐入中年,又爱上了晚秋,以为秋天正是读读书,写写字的人的最惠节季,但对于江南的冬景,总觉得是可以抵得过北方夏夜的一种特殊情调,说得摩登些,便是一种明朗的情调。

我也曾到过闽粤,在那里过冬天,和暖原极和暖,有时候

到了阴历的年边,说不定还不得不拿出纱衫来着;走过野人的篱落,更还看得见许多杂七杂八的秋花!一番阵雨雷鸣过后,凉冷一点,至多也只好换上一件夹衣,在闽粤之间,皮袍棉袄是绝对用不着的;这一种极南的气候异状,并不是我所说的江南的冬景,只能叫它作南国的长春,是春或秋的延长。

江南的地质丰腴而润泽,所以含得住热气,养得住植物;因而长江一带,芦花可以到冬至而不败,红叶亦有时候会保持得三个月以上的生命。像钱塘江两岸的乌桕树,则红叶落后,还有雪白的桕子着在枝头,一点一丛,用照相机照将出来,可以乱梅花之真。草色顶多成了赭色,根边总带点绿意,非但野火烧不尽,就是寒风也吹不倒的。若遇到风和日暖的午后,你一个人肯上冬郊去走走,则青天碧落之下,你不但感不到岁时的肃杀,并且还可以饱觉着一种莫名其妙的含蓄在那里的生气;"若是冬天来了,春天也总马上会来"的诗人的名句,只有在江南的山野里,最容易体会得出。

说起了寒郊的散步,实在是江南的冬日,所给与江南居住者的一种特异的恩惠;在北方的冰天雪地里生长的人,是终他的一生,也绝不会有享受这一种清福的机会的。我不知道德国的冬天,比起我们江浙来如何,但从许多作家的喜欢以Spaziergang一字来做他们的创作题目的一点看来,大约是德国南部地方,四季的变迁,总也和我们的江南差仿不多。譬如说十九世纪的那位乡土诗人洛在格(Peter Rosegger 1843—1918)罢,他用这一个"散步"做题目的文章尤其写得多,而所写的情形,却又是大半可以拿到中国江浙的山区地方来适用的。

江南河港交流,且又地滨大海,湖沼特多,故空气里时含水分;到得冬天,不时也会下着微雨,而这微雨寒村里的冬霖景象,又是一种说不出的悠闲境界。你试想想,秋收过后,河流边三五家人家会聚在一道的一个小村子里,门对长桥,窗临远阜,这中间又多是树枝桠杈的杂木树林;在这一幅冬日农村的图上,再洒上一层细得同粉也似的白雨,加上一层淡得几不成墨的背景,你说还够不够悠闲?若再要点些景致进去,则门前可以泊一只乌篷小船,茅屋里可以添几个喧哗的酒客,天垂暮了,还可以加一味红黄,在茅屋窗中画上一圈暗示着灯光的月晕。人到了这一个境界,自然会得胸襟洒脱起来,终至于得失俱亡,死生不问了;我们总该还记得唐朝那位诗人做的"暮雨潇潇江上村"的一首绝句罢?诗人到此,连对绿林豪客都客气起来了,这不是江南冬景的迷人又是什么?

一提到雨,也就必然地要想到雪;"晚来天欲雪,能饮一杯无?"自然是江南日暮的雪景。"寒沙梅影路,微雪酒香村",则雪月梅的冬宵三友,会合在一道,在调戏酒姑娘了。"柴门村犬吠,风雪夜归人",是江南雪夜,更深人静后的景况。"前村深雪里,昨夜一枝开",又到了第二天的早晨,和狗一样喜欢弄雪的村童来报告村景了。诗人的诗句,也许不尽是在江南所写,而做这几句诗的诗人,也许不尽是江南人,但假了这几句诗来描写江南的雪景,岂不直截了当,比我这一支愚劣的笔所写的散文更美丽得多?

有几年,在江南也许会没有雨没有雪地过一个冬,到了春间阴历的正月底或二月初再冷一冷下一点春雪的;去年(一九三四)的冬天是如此,今年的冬天恐怕也不得不然,以节气推算起来,大约大冷的日子,将在一九三六年的二月尽头,最多也总不过是七八天的样子。像这样的冬天,乡下人叫作旱冬,

对于麦的收成或者好些,但是人口却要受到损伤;旱得久了,白喉、流行性感冒等疾病自然容易上身,可是想恣意享受江南的冬景的人,在这一种冬天,倒只会得感到快活一点,因为晴和的日子多了,上郊外去闲步逍遥的机会自然也多;日本人叫作 Hiking,德国人叫作 Spaziergang 狂者,所最欢迎的也就是这样的冬天。

窗外的天气晴朗得象晚秋一样;晴空的高爽,日光的洋溢,引诱得使你在房间里坐不住,空言不如实践,这一种无聊的杂文,我也不再想写下去了,还是拿起手杖,搁下纸笔,上湖上散散步罢!

1935 年 12 月 1 日

白马湖之冬

◎夏丏尊

在我过去四十余年的生涯中,冬的情味尝得最深刻的,要算十年前初移居白马湖的时候了。十年以来,白马湖已成了一个小村落,当我移居的时候,还是一片荒野。春晖中学的新建筑巍然矗立于湖的那一面,湖的这一面的山脚下是小小的几间新平屋,住着我和刘君心如两家。此外两三里内没有人烟。一家人于阴历十一月下旬从热闹的杭州移居这荒凉的山野,宛如投身于极带中。

那里的风,差不多日日有的,呼呼作响,好像虎吼。屋宇虽系新建,构造却极粗率,风从门窗隙缝中来,分外尖削,把门缝窗隙厚厚地用纸糊了,椽缝中却仍有透入。风刮得厉害的时候,天未夜就把大门关上,全家吃毕夜饭即睡入被窝里,静听寒风的怒号,湖水的澎湃。靠山的小后轩,算是我的书斋,在全屋子中风最少的一间,我常把头上的罗宋帽拉得低低的,在洋灯下工作至夜深。松涛如吼,霜月当窗,饥鼠吱吱在承尘上奔窜。我于这种时候深感到萧瑟的诗趣,常独自拨划着炉灰,不肯就睡,把自己拟诸山水画中的人物,作种种幽邈的遐想。

现在白马湖到处都是树木了,当时尚一株树木都未种。月亮与太阳都是整个儿的,从上山都直要照到下山为止。太

阳好的时候,只要不刮风,那真和暖得不像冬天。一家人都坐在庭间曝日,甚至于吃午饭也在屋外,像夏天的晚饭一样。日光晒到哪里,就把椅凳移到哪里,忽然寒风来了,只好逃难似的各自带了椅凳逃入室中,急急把门关上。在平常的日子,风来大概在下午快要傍晚的时候,半夜即息。至于大风寒,那是整日夜狂吼,要二三日才止的。最严寒的几天,泥地看去惨白如水门汀,山色冻得发紫而黯,湖波泛深蓝色。

　　下雪原是我所不憎厌的,下雪的日子,室内分外明亮,晚上差不多不用燃灯。远山积雪足供半个月的观看,举头即可从窗中望见。可是究竟是南方,每冬下雪不过一二次。我在那里所日常领略的冬的情味,几乎都从风来。白马湖的所以多风,可以说有着地理上的原因。那里环湖都是山。而北首却有一个半里阔的空隙,好似故意张了袋口欢迎风来的样子。白马湖的山水和普通的风景地相差不远,唯有风却与别的地方不同。风的多和大,凡是到过那里的人都知道的。风在冬季的感觉中,自古占着重要的因素,而白马湖的风尤其特别。

　　现在,一家僦居上海多日了,偶然于夜深人静时听到风声,大家就要提起白马湖来,说"白马湖不知今夜又刮得怎样厉害哩"!

济南的冬天

◎老舍

对于一个在北平住惯的人,像我,冬天要是不刮大风,便是奇迹;济南的冬天是没有风声的。对于一个刚由伦敦回来的人,像我,冬天要能看得见日光,便是怪事;济南的冬天是响晴的。自然,在热带的地方,日光是永远那么毒,响亮的天气反有点叫人害怕。可是,在北中国的冬天,而能有温晴的天气,济南真得算个宝地。

设若单单是有阳光,那也算不了出奇。请闭上眼睛想:一个老城,有山有水,全在蓝天底下,很暖和安适地睡着,只等春风来把它们唤醒,这是不是个理想的境界?

小山整把济南围了个圈儿,只有北边缺着点口儿。这一圈小山在冬天特别可爱,好像是把济南放在一个小摇篮里,它们全安静不动地低声地说:"你们放心吧,这儿准保暖和。"真的,济南的人们在冬天是面上含笑的。他们一看那些小山,心中便觉得有了着落,有了依靠。他们由天上看到山上,便不觉地想起:"明天也许就是春天了吧?这样的温暖,今天夜里山草也许就绿起来了吧?"就是这点幻想不能一时实现,他们也并不着急,因为有这样慈善的冬天,干啥还希望别的呢!

最妙的是下点小雪呀。看吧,山上的矮松越发地青黑,树尖上顶着小髻儿白花,好像日本看护妇。山尖全白了,给蓝天

镶上一道银边。山坡上,有的地方雪厚点,有的地方草色还露着;这样,一道儿白,一道儿暗黄,给山们穿上一件带水纹的花衣;看着看着,这件花衣好像被风儿吹动,叫你希望看见一点更美的山的肌肤。等到快日落的时候,微黄的阳光斜射在山腰上,那点薄雪好像忽然害了羞,微微露出点粉色。就是下小雪吧,济南是受不住大雪的,那些小山太秀气!

　　古老的济南,城内那么狭窄,城外又那么宽敞,山坡上卧着些小村庄,小村庄的房顶上卧着点雪,对,这是张小水墨画或者是唐代的名手画的吧。

　　那水呢,不但不结冰,倒反在绿藻上冒着点热气。水藻真绿,把终年贮蓄的绿色全拿出来了。天儿越晴,水藻越绿,就凭这些绿的精神,水也不忍得冻上;况且那长枝的垂柳还要在水里照个影儿呢!看吧,由澄清的河水慢慢往上看吧,空中、半空中、天上,自上而下全是那么清亮,那么蓝汪汪的,整个的是块空灵的蓝水晶。这块水晶里,包着红屋顶、黄草山,像地毯上的小团花的灰色树影;这就是冬天的济南。

北平的冬天

◎梁实秋

说起冬天,不寒而栗。

我是在北平长大的。北平冬天好冷。过中秋不久,家里就忙着过冬的准备,作"冬防"。阴历十月初一屋里就要生火,煤球、硬煤、柴火都要早早打点。摇煤球是一件大事。一串骆驼驮着一袋袋的煤末子到家门口,煤黑子把煤末子背进门,倒在东院里,堆成好高的一大堆。然后等着大晴天,三五个煤黑子带着筛子、耙手、铲子、两爪钩子就来了,头上包块布,腰间褡布上插一根短粗的旱烟袋。煤黑子摇煤球的那一套手艺真不含糊。煤末子摊在地上,中间做个坑,好倒水,再加预先备好的黄土,两个大汉就搅拌起来。搅拌好了就把烂泥一般的煤末子平铺在空地上,做成一大块蛋糕似的,再用铲子拍得平平的,光溜溜的,约一丈见方。这时节煤黑子已经满身大汗,脸上一条条黑汗水淌了下来,该坐下休息抽烟了。休毕,煤末子稍稍干凝,便用铲子在上面横切竖切,切成小方块,像厨师切菜切萝卜一般手法伶俐。然后坐下来,地上倒扣一个小花盆,把筛子放在花盆上,另一人把切成方块的煤末子铲进筛子,便开始摇了,就像摇元宵一样,慢慢地把方块摇成煤球,然后摊在地上晒。一筛一筛地摇,一筛一筛地晒。好辛苦的工作,孩子在一边看,觉得好有趣。

冬

　　万一天色变，雨欲来，煤黑子还得赶来收拾，归拢归拢，盖上点什么，否则煤被雨水冲走，前功尽弃了。这一切他都乐为之，多开发一点酒钱便可。等到完全晒干，他还要再来收煤，才算完满，明年再见。

　　煤黑子实在很苦，好像大家并不寄予多少同情。从日出做到日落，疲乏的回家途中，遇见几个顽皮的野孩子，还不免听到孩子们唱着歌谣嘲笑他：

　　　　煤黑子，
　　　　打算盘，
　　　　你妈洗脚我看见！

　　我那时候年纪小，好久好久都没有能明白为什么洗脚不可以令人看见。

　　煤球儿是为厨房大灶和各处小白炉子用的，就是再穷苦不过的人家也不能不预先储备。有"洋炉子"的人家当然要储备的还有大块的红煤白煤，那也是要砸碎了才能用，也需一番劳力的。南方来的朋友们看到北平家家户户忙"冬防"，觉得奇怪，他不知道北平冬天的厉害。

　　一夜北风寒，大雪纷纷落，那景致有得瞧的。但是有几个人能有谢道韫女士那样从容吟雪的福分。所有的人都被那砭人肌肤的朔风吹得缩头缩脑，各自忙着做各自的事。我小时候上学，背的书包倒不太重，只是要带墨盒很伤脑筋，必须平平稳稳地拿着，否则墨汁要洒漏出来，不堪设想。有几天还要带写英文字的蓝墨水瓶，更加恼人了。如果伸手提携墨盒墨水瓶，手会冻僵。手套没有用。我大姐给我用绒绳织了两个网子，一装墨盒，一装墨水瓶，同时给我做了一副棉手筒，两手伸进筒内,提着从一个小孔塞进的网绳,于是两手不暴露在外而可提携墨盒墨水瓶了。饶是如此,手指关节还是冻得红肿,作奇痒,脚后跟生冻疮更是稀松平常的事。临睡时母亲为我们备热水烫脚,然后钻进被窝,这才觉得一日之中尚有温暖存在。

北平的冬景不好看么?那倒也不。大清早,榆树顶的干枝上经常落着几只乌鸦,呱呱地叫个不停,好一幅古木寒鸦图!但是还不及西安城里的乌鸦多。北平喜鹊好像不少,在屋檐房脊上吱吱喳喳地叫,翘着的尾巴倒是很好看的,有人说它是来报喜,我不知喜自何来。麻雀很多,可是竖起羽毛像披蓑衣一般,在地面上蹦蹦跳跳地觅食,一副可怜相。不知什么人放鸽子,一队鸽子划空而过,盘旋又盘旋,白羽衬青天,哨子忽忽响。又不知是哪一家放风筝,沙雁蝴蝶龙睛鱼,弦弓上还带锣鼓。隆冬之中也还点缀着一些情趣。

过新年是冬天生活的高潮。家家贴春联、放鞭炮、煮饺子、接财神。其实是孩子们狂欢的季节,换新衣裳、磕头、逛厂甸儿,流着鼻涕举着琉璃喇叭大沙雁儿。五六尺长的大糖葫芦糖稀上沾着一层尘沙。北平的尘沙来头大,是从蒙古戈壁大沙漠刮来的,平时真是胡尘涨宇,八表同昏。脖领里、鼻孔里、牙缝里,无往不是沙尘。这才是真正的北平的冬天的标志。愚夫愚妇们忙着逛财神庙、白云观去会神仙,甚至赶妙峰山进头炷香,事实上无非是在泥泞沙尘中打滚而已。

在北平,裘马轻狂的人固然不少,但是极大多数的人到了冬天都是穿着粗笨臃肿的大棉袍、棉裤、棉袄、棉袍、棉背心、棉套裤、棉风帽、棉毛窝、棉手套。穿丝棉的是例外。至若拉洋车的、挑水的、掏粪的、换洋取灯儿的、换肥子儿的、抓空儿

的、打鼓儿的……哪一个不是衣裳单薄,在寒风里打颤?在北平的冬天,一眼望出去,几乎到处是萧瑟贫寒的景色,无需走向粥厂门前才能体会到什么叫做饥寒交迫的境况。北平是大地方,从前是辇毂所在,后来也是首善之区,但也是"朱门酒肉臭,路有冻死骨"的地方。

北平冷,其实有比北平更冷的地方。我在沈阳度过两个冬天。房屋双层玻璃窗,外层凝聚着冰雪,内层若是打开一个小孔,冷气就逼人而来。马路上一层冰一层雪,又一层冰一层雪,我有一次去赴宴,在路上连跌了两跤,大家认为那是寻常事。可是也不容易跌断腿,衣服穿得多。一位老友来看我,觌面不相识,因为他的眉毛须发全都结了霜!街上看不到一个女人走路。路灯电线上踞着一排鸦雀之类的鸟,一声不响,缩着脖子发呆,冷得连叫的力气都没有。更北的地方如黑龙江,一定冷得更有可观。北平比较起来不算顶冷了。

冬天实在是很可怕。诗人说:"如果冬天来到,春天还会远么?"但愿如此。

冰雪北海

◎张恨水

北平的雪,是冬季一种壮观景象。没有到过北方的南方人,不会想象到它的伟大。大概有两个月到三个月,整个北平城市,都笼罩在一片白光下。登高一望,觉得这是个银装玉琢的城市。自然,北方的雪,在北方任何一个城市,都是堆积不化的,没有什么可看的。只有北平这个地方,有高大的宫殿,有整齐的街巷,有伟大的城圈,有三海几片湖水,有公园、太庙、天坛几片柏林,有红色的宫墙,有五彩的牌坊,在积雪满眼,白日行天之时,对这些建筑,更觉得壮丽光辉。

要赏鉴令人动心的景致,莫如北海。湖面让厚冰冻结着,变成了一面数百亩的大圆镜。北岸的楼阁树林,全是玉洗的。尤其是五龙亭五座带桥的亭子,和小西天那一幢八角宫殿,更映现得玲珑剔透。若由北岸看南岸,更有趣。琼岛高拥,真是一座琼岛。山上的老柏树,被雪反映成了黑色。黑树林子里那些亭阁上面是白的,下面是阴黯的,活像是水墨画。北海塔涂上了银漆,有一丛丛的黑点绕着飞,是乌鸦在闹雪。岛下那半圆形的长栏,夹着那一个红漆栏杆、雕梁画栋的漪澜堂。又是素绢上画了一个古装美人,颜色是格外鲜明。

五龙亭中间一座亭子,四面装上玻璃窗户,雪光冰光反射进来,那种柔和悦目的光线,也是别处寻找不到的景观。亭子

冬

正中,茶社生好了熊熊红火的铁炉,这里并没有一点寒气。游客脱下了臃肿的大衣,摘下罩额的暖帽,身子先轻松了。靠玻璃窗下,要一碟羊糕,来二两白干,再吃几个这里的名产肉末夹烧饼。周身都暖和了,高兴渡海一游,也不必长途跋涉东岸那片老槐雪林,可以坐冰床。冰床是个无轮的平头车子,滑木代了车轮,撑冰床的人,拿了一根短竹竿,站在床后稍一撑,冰床哧溜一声,向前飞奔了去。人坐在冰床上,风呼呼地由耳鬓吹过去。这玩意比汽车还快,却又没有一点汽车的响声。这里也有更高兴的游人,却是踏着冰湖走了过去。我们若在稍远的地方,看看那滑冰的人,像在一张很大的白纸上,飞动了许多黑点,那活是电影上一个远镜头。

走过这整个北海,在琼岛前面,又有一弯湖冰。北国的青年,男女成群结队的,在冰面上溜冰。男子是单薄的西装,女子穿了细条儿的旗袍,各人肩上,搭了一条围脖,风飘飘的吹了多长,他们在冰上歪斜驰骋,作出各种姿势,忘了是在冰点以下的温度过活了。在北海公园门口,你可以看到穿戴整齐的摩登男女,各人肩上像搭梢马褙子似的,挂了一双有冰刀的皮鞋,这是上海香港摩登世界所没有的。

上海年景

◎吴祖光

从沪西到遥远的外滩上写字间去,一出家门便感到刺骨的清寒。

我拢着手穿过两条街去等公共汽车,路上行人稀少冷落,远远对面走来的只有一个提着菜篮像个娘姨样子的中年女人。在我们刚刚交臂走过的时候,忽然两个人都停住了。

就在这段人行道上,枯树旁边,地下匍匐着一具婴尸。

这孩子不是新生下来的,个子已经相当大了,只有身体中部裹着似是而非的破布衣裳,两只手臂、两条腿、胸部以上都是精赤的,手脚都蜷曲着,头发稀疏,皮肤姜黄色,只因为他面朝下,脸亲着泥土,我无从看见他脸上的表情。

女人自言自语:"作孽!衣裳都没有着!"

她会想到这孩子的父母是何等薄情,把死了的骨血,衣服都给剥去?而我想到的薄情,是远超乎衣裳之外了。

我们不由得在两边各自回身看了许久,我随后走了。马路上仍旧静悄悄,有一阵北风从地上卷将来,从心里感到凄凉,感到比外面身受更甚的寒冷。

多的是公共汽车站上等班的人,一排,鹄立着缩着颈子,顿足取暖,我也排进了这个行列,缓缓地上了车子。

车子行走在大马路上车群之中,显得蠢笨而迂缓,车里塞

得满满的人,尽管觉得拥塞、难过,甚至窒息,但没有一点表示,横竖迟早会到,都耐住了心中的不耐,好在车里比外面还要暖些,有人把帽子同围巾都脱下了。

在一条横马路上碰到了红灯,车子停下了。横马路上的车水马龙绵亘不断,车停了很久,换了绿灯,但是车不动,再过一会儿,仍旧不动,后面的车连连揿喇叭,闹了起来,大家以为出了什么事情,有人在喊:"开!开!""啥事体勿开?"

马上有人判明了这个原因,司机不耐久等,伏在方向盘上睡熟了。

沉默着的,大部分深锁着眉头的乘客们,不禁都破颜而笑了。

司机被唤醒,打一个冷战,没有注意到别人的哄笑,继续开车,卖票员凑近前去问他:

"清早起来便打瞌盹,夜里做了啥个事体?"

司机没有回答,忧郁地摇了摇头。

大家又笑了,"人世几回开口笑"啊!在今天。

车比较走得快些了,又慢下来,走到了闹市,沿途商店大都开了收音机,一片歌舞升平的气象,橱窗上都贴了"大减价"的招贴,门前张挂着"年关庆祝"的锦旗,但是好像只是颜色好看,声音热闹,而主顾却不多。

忽然接触到我的眼睛的,是那边路口蜂拥而出一片拉着车子的黄包车夫,惊慌而且狼狈,后面有一群警察正拿着棍子追逐他们。

一个警察突然蹿上去,俯身攫取了一个车上的坐垫,回身便走,那奔逃着的车夫发觉了,扭转身来看,随后放下车子去追那警察。路人大都不加注意,只有三两个驻足而观,我偏过头去看,但是汽车飞快,我只看见那车夫是一个上年纪的人,有一头花白头发,现在已经落在我的视线之外了。

看见的是继续有警察在追赶别的车夫,警察要赶他们到哪里去呢?

我看不见他们了,但老人的白发是记得清楚的,警察的棍子也是记得清楚的,它们说明了今天中国的真实。

在上海一年了,我经历了这一年的春夏秋冬四季,看尽了这四季的炎凉,如今岁暮天寒,我下车走在黄浦江边,嗟叹着:又要过年了。

又要过年了,黄浦江心停泊着密密层层的外国兵舰,大炮口向前伸,满江的威风杀气,点缀着这个百孔千疮、血泪滔滔的中华强国的年景。

冬

昆明年俗

◎汪曾祺

铺松毛

昆明春节,很多人家铺松毛——马尾松的针叶。满地碧绿,一室松香。昆明风俗,亦如别处,初一至初五不扫地——扫地就把财气扫出去了。铺了松毛不唯有过节气氛,也显得干净。

昆明城外,遍地皆植马尾松,松毛易得。

贴唐诗

昆明有些店铺过年不贴春联,贴唐诗。

昆明较小的店铺的门面大都是这样:下半截是砖墙,上半截是一排四至八扇木板,早起开门卸下木板,收市后上上。过年不卸板,板外贴万年红纸,上写唐诗各一首。此风别处未见。初一上街闲逛,沿街读唐诗,亦有趣。

劈甘蔗

春节街头常见人赌赛劈甘蔗。七八个小伙子,凑钱买一堆甘蔗，人备折刀一把，轮流劈。甘蔗立在地上，用刀尖压住甘蔗梢，急掣刀，小刀在空中画一圈，趁甘蔗未倒，一刀劈下。劈到哪里，切断，以上一截即归劈者。有人能一刀从梢劈通到根，围看的人都喝彩。

掷升官图

掷升官图几个人玩都可以。正方的皮纸上印回文的道道，两道之间印各种官职。每人持一铜钱。掷骰子，按骰子点数往里移动铜钱，到地后一看，也许升几级为某官，也可能降几级。升官图当是清代的玩意，因为有"笔贴式"这样的满官。至升为军机处大臣，即为赢家，大家出钱为贺。有的官是没有实权的，只是一种荣誉，如"紫禁城骑马"。我是很高兴掷到"紫禁城骑马"的，虽然只是纸上骑马，也觉得很风光。

嚼葛根

春节卖葛根。置木板上，上蒙湿了水的蓝布。葛根粗如人臂。给毛把钱，卖葛根的就用薄刃快刀横切几片给你。葛根嚼起来有点像生白薯，但无甜味，微苦。本地人说，吃了可以清火。管他清火不清火，这东西我没有尝过（在中药店里倒见过，但是切成棋子块的），得尝尝，何况不贵。

雪的回忆

◎穆木天

一

雨雪霏霏,令我怀忆起我的故乡来。居在上海,每年固然都冒过几次严寒,可是,总觉得像是没有冬天似的。至少,在江南,冬天是令人不感兴会的。

雪地冰天,没出过山海关的人,总不会尝过那种风味罢。一片皑白,山上,原野上,树木上,房屋上,都是雪。你想象一下好啦,在铅灰色的天空之下,皑白的地面,是如何地一望无边呀。一望是洁白的,是平滑的。

雪!雪夜!雪所笼罩着的平原,雪在上边飞飘着的大野,广漠地,寂静地,在展开着。在雪中,散布着稀稀的人家,好像人们是都酣睡在自己的安乐窝里。

从冬到春,雪是永远不化的。下了一层又一层,冻了一层又一层。大地冻成琉璃板,人在上边可以滑冰。如果往高山瞅去,你可以看见满目都是洁白的盐,松松地在那儿盖着。

一片无边的是雪的世界。在山上,在原野上,在房屋上,在树木上,都是盖着皑白的雪层。是银的宇宙,是铅的宇宙。

儿时,我叹美着这种雪的世界。现在这种雪的世界,又在我的想象中重现出来了。

过去的一幕一幕,荡漾地,在我的眼前渡了过去。

雨雪霏霏,令我怀忆起我的故乡来。

二

雪!下了好几天的雪,居然停住了。

据人说,在先年,雪还要大,狍子都可以跑到人家的院子里来。又据说,某人张三,当下大雪时,在大门口,亲手捉住了两匹狍子。人们总是讲先年,说先年几个大钱就能买多少猪肉,而在下雪的时候,人们多半是要讲先年的雪的故事的。

说这话,是我六岁的时候。也许是七八岁都不定。那时,我是最喜欢听人家讲故事的。特别是坐在热炕头上,听人讲古,是非常有味道的。

人们总是讲先年,说先年冷得多,可是不知道是什么道理。现在想起来,怕是人烟稀少的缘故。我们家里大概是道光年间移过去的。在那时候,我们是"占山户"。那是老祖母时时以为自豪的。你想一想,方圆一二十里,只有一家人家,那该是如何地冷凄呀。现在,人烟是渐渐地稠密了。

东北的冰天雪地中并不如内地人所想象的那样冷。在雨雪霏霏的时节,人们是一样地在外边工作。小孩子们是顶好打雪仗的。

这一天,雪花渐渐地停止了。空中是一片铅灰,地上是一片银白。狗在院里卧着,鸡在院里聚着。族中的一个哥哥,给我们做工,弯着腰,在院里,用笤帚扫雪,扫到车里,预备往外推。小院子里是寂静静的。下了好久的雪,居然停住了。

我看着人扫雪,在院子里,一个人孤独地流连着。抓了抓雪,瞅着,望着院里的大树。寂静的空气支配着。忽然,角门响了一声,东北屯的大哥又来了。

我是最欢喜东北屯的大哥的。他说话是玄天玄地的,两个大眼珠子,骨碌骨碌地动着,很是给我以刺激的。他能打单家雀,而且是"打飞"。他所打的那一手好枪,真不亚于百步穿杨的养由基,真是"百发百中"。他能领我到野外里跑。尤其是,他用沙枪打了好些家雀,晚上,可以煎给我们吃。他一进门,声音就震动了整个的小院落。

在数分钟之后,我们就到了街南的田地里了。是东北屯大哥,在同祖母和母亲说了几句话之后,拿着沙枪,带我出去的。他带我到近处各个大树的所在,打了好些家雀子,带了回来。虽然是冒着寒冷,可是,我是非常地兴高采烈的。

吃着煎家雀,东北屯大哥,大吹大擂地,给我们讲雪的故事:哪里雪是如何地大,在哪里他打死了多少兔子,哪里雪给人家封住了门,在哪里他打死了多少野鸡。雪的故事,是最令我怀起憧憬的。

到了夜间,东北屯大哥走了,后街的伯父又来了。祖母在吃消夜酒。祖母絮絮叨叨地讲过来讲过去。随后,她叫后街的伯父说唱了一段《二度梅》。

依稀的月光,从镜帘缝里,透射到屋子里。蒙蒙的雪,又在下着。静夜里,又起了微微的冷风。

三

雪!蒙蒙的雪,下着。院里又铺上了一层棉絮。

我又大了两岁了。这一年冬天,雪是不怎么大。地冻了之后,像是只下着小的雪。

这一个冬天,我们的院子里,好像比往常热闹得多了。我们是住在里边的小院里。外边是一个大的院子。现在,马嘶声,人的往来声,车声,唱酬声,打油的锤声,在外边的院子里交响着。颓废的破大院,顿时,呈出了新兴的气象。

父亲是忙忙碌碌的,从站上跑到家里,从家又跑到站上。一车一车的黄豆,每天,被运进来又被运出去。据说父亲在站上是做"老客"。

一个先生,是麻脸的,教我读书。可是,有时,他也去帮父亲去打大豆的麻包。

外院里,是好几辆车在卸载装载。马在无精打采地,倦怠地站着,身上披着一片一片的雪花。人,往来如梭地,工作着。

我也挤在人堆里。看着他们怎么过斗,怎么过秤,怎么装,怎么扛。

雪雰霏地下着。麻脸先生,画着苏州码子,记着豆包的分量。他的黑马褂上披着白,像是肿了似的。

雪雰霏地下着。秃尾巴狗在院里跑着。飞快地,在雪里轻轻地留下了爪印。

外院的东院是仓子,是马厩,是油房。人往来地运豆子。鸽子,咕噜咕噜地叫着,啄着豆子吃。

像是家道兴隆似的,各个人都在忙着。

晚上,工作完了,父亲同麻脸先生总是谈着行情,商量着"作存"好还是"作空"好。

麻脸先生会爻《易经》卦,据说,他的数理哲学是很灵的。父亲会算《论语》卦,有一次算到"长一身有半",于是"作存",

果然赚了。

我呢，我夜里总是跑到油房里去。那里，是又暖烘，又热闹。

马拉着油辗子，转着。豆子被压扁，从辗盘上落到下边槽子里，出了一种香的油气。马的眼睛是蒙着的，说是不蒙着，它们就不干活儿。

同看辗子的人打了招呼，进了去。顺着窄路，走到里边的房子里，则又是一人世界了。

油匠们欢天喜地地，笑谈着。他们一边在工作着，一边在讲着淫猥的故事的。

我是欢喜他们的，他们也欢喜我。我上了高高的垫着厚板的炕上，坐着，躺着，看着他们在做工，一只手操起了大油匠刘金城所爱看的《小八义》。

我看着他们怎样蒸豆批，怎么打包，怎么上榨，怎么锤打。那是非常地有趣味的。扬着锤子邦邦地打着，当时，令我想到呼延庆打擂。而等待着油倾盆如注地淌下来，随后，打开洋草的包皮，新鲜的豆饼出了榨，我是感到无限满足的。有时，我是抓一块碎豆饼吃的。

御了油垛，油匠们又是讲起张家姑娘长和李家媳妇短来了。他们垂涎三尺地讲着生殖器，有时，那也令我感到无限的满足。

听够了，我则看我的《小八义》。我是崇拜猴子阮英的。

很晚地才回到房中睡觉。父亲没有问我。据说第二天要起早上站去，早就睡了。

翌日，早晨，天还是黑洞洞的时候，就听见车声咕咚咕咚地从院里响了出去，起来时，听说父亲已经走了。外边小雪在下着。

蒙蒙的雪下着。院里又铺上了一层棉絮。

四

厚厚的雪,下了几场,大地上好像披了丧衣。

隔江望去,远山,近树,平原,草舍,江南的农业试验场,都是盖着皑白的雪。

一带的松花江,成了白雪的平原。江上,盖有"水院子"。时时,在雪里跑着狗爬犁,飞一般地快。

狗爬犁,马爬犁,跑过来,跑过去。御者,披着羊皮大衣,缩着脖,在上边,坐着。

江心里,时时有人来打水。夏天渡江用的"小威虎"(小船),系在岸边上。

夏天的排木没有了。不知道是哪里去了。

风吹着,冰冷地。太阳从雪上反映出银星儿来。人慢慢地工作着。

这是圣诞节前后。我因事回到久别了的故乡省会,看见了这种美丽的雪景。

有人说,吉林省城是"小江南",可是那种美丽的雪景,是在大江南人所梦想不到的。

在火车中,遥望着皑白的雪的大野,是如何地令人陶醉呀!在马车里,听着车轮和马蹄践轧在雪上的声音,是如何地令人欢慰呀!

雪!洁白的雪!晶莹的雪!吱吱作响的雪!我的灵魂好像是要和它融合在一起了。

在这雪后新晴的午后,几个朋友,同我,站在江滨上,遥望着江南岸。

也许赏雪是对于有闲者的恩物罢。望着,望着,入了神,于是,大家决定了去玩一玩。

于是,从岸上下去,到江面上。

西望了望小白山,北望了望北山,再望了望江南的平川,我们就决定了沿着江流向东方走去。

人多走路是有趣的,特别是走在皎洁绵软的雪上。

在江北岸,是满铁公所与天主堂,雄赳赳地,屹立着,俯瞰着蜿蜒的大江。天主堂的尖塔,突入于萧瑟暗澹的天空中,傲然在君临着一切。

田亩上盖着雪,在江南岸。村外,树林中,有几个小孩子,聚在一起,玩着,闹着。

拉车的拉车,担柴的担柴,打水的打水,老百姓在冰雪中,忙忙碌碌地,工作着。

我们跑着,笑着,玩着。虽然都是快到三十岁的人,但是,到了大自然里,却都像变成小孩子。

远远地望去,龙潭山在江东屹立着。繁密的松柏,披上了珍珠衫子。松柏的叶子,显得异常青翠。

玩着,闹着,打着雪仗,我们,在江心里,不知不觉地,快要到在旧日的火药厂的遗址了。望着岸上的废墟,心里,不由得,落下凭吊的泪来。

顺着砖瓦堆积的小路,攀了上去,我们几个人,在积雪中,徘徊着。废墙还是在无力地支持着。那里,已成了野兔城狐的住所了。

我们呼喊,从废墙里,震动出来了回声,同我们相唱和着。

回声止处,山川显得越发地寂寥。我呢,不觉要泫然泪下了。

我呆对着残垣上的积雪,沉默着。心中感着无限的哀愁。

江北岸,军械场的烟囱,无力地吐着烟。似在唏嘘,似在讽刺,似在凭吊,似在骄傲。一缕一缕的烟,缥缈地,消散在天空里。也许那是运命的象征罢!

大地是越发地广大了。雪的丧衣,无边无际地,披在大地的上面。

五

雪下了又停,停了又下。这一座古城,像是包围在雪的沉默中了。

这是我离开吉林城的那个冬季。因为当时感到那也许是一个永别,所以,那一年的雪,在我以为,是最值得怀恋的。

从卧室听着外边往来的车,咯吱咯吱地,压踏在雪上,是如何令人愁恼呀!在黎明,在暗夜,我,不眠地,倾听着风雪交加中的响动,是如何地孤独寂寥呀!

我曾在雪后步过那座古城的街上,可是满目凄凉,市面萧条得很。我也曾在晴日踏着雪,访过那些城外的村落,可是,田夫野老都是说一年比一年困苦了。多看社会,是越多会感到凄凉的。

在北山上建了白白的水塔。在松花江上架上了钢铁的江桥。可是,北山麓上,仍然是小的草房在杂沓着,在江桥边上,依然是山东哥们在卖花生米。农村社会没落了。好些商店,也是一个挨着一个地关上了门。

夜间,不寝时,听着外边的声籁,我总是翻来覆去地,想着。吉敦、吉海接轨的问题,农村破产的情状,南满铁路陆续地在开会议的消息,是不绝地在我脑子里萦回着。

有时,关灯独坐,望着街道上的灯光照在白雪上,颜色惨白的,四外,死一般地,寂静着,感到是会有"死"要降到这座古城上边似的。

在被雪所包围着的沉默中,无为地,生活着,心中是极度地空虚的。有时,如雪落在城上似的,泪是落在我的心上了。

虽然,过着蛰居者的生活,但是,广大的自然美也是时时引诱着我,而且强烈地引诱着。

雪下了又停,停了又下。沉默的古城,是又越发地显得空旷了。

雪停了,又是一个广大无边的白色的宇宙。

我们,三四个人,在围炉杂谈之后,决定了到江南野外里跑一跑。

走到江边,下去,四外眺望一下,江山如旧。野旷天低,四外的群山,显得越发地小了。小白山显得越发地玲珑可爱。

南望去,远山一带,静静地伏在积雪之中。村落,人家,田畴,树木,若互不相识地,遥遥地,相对着。

在一切的处所,都像死的一般地,山川,草木,人畜,在相对无言。沉默的古城,好像到了死的前夜。

我们,三四个人,到了雪色天光之下,群山拥抱的大野里了。

天低着。四外,是空廓,寂寥。

白色,铅色的线与面,构成了整个的水墨画一般的宇宙。

赶柴车的,走着。拾粪的孩子,走着。农夫们,时时,在过路。但都是漠不相关似的。

我们,三四个人,在田间的道上,巡回地,走着。有时,脚步声引出来几声狗吠。但,我们走开,狗吠也随着止住了。

对于神的敬礼,好像也没有以前那样虔诚了。小土地庙已倾圮不堪了。

有时,树上露着青绿的冬青。鸟雀相聚着,聒叫着。待我们走近,立住,鸟儿,就一下子,全飞了起来。

江桥如长蛇似的跨在江上。像我们的血一天一天地被它吸去。

江北岸的满铁公所,好像越发高傲地在俯瞰松花江。它那种姿态,令人感到,是战胜者在示威。

天主堂的钟声哀婉地震响着。是招人赴晚祷呢?还是古城将死的吊钟呢?声音,是凄怆而清脆的。

我们,三四个人,在田野中,走着。暮色渐渐地走近来。我们,被苍茫的夜幕笼罩住了。

在苍茫的夜色里,我是越发地感到凄凉了。那种凄凉的暮色在我脑子里深深地印上了最后的雪的印象。

雪下了又停,停了又下。包在雪中的古城,吐出来死的唏嘘了。

六

雨雪雰霏,令我怀忆起我的故乡来。现在,故乡里,还是依然地下着大雪罢。可是,我呢,则是飘零到大江南,也许会永远没有回到故乡的希望了罢。

和我同样地流离到各处的人,真不知有多少哟。可是,他们同我同样,也怕会永久看不见故乡的美丽的雪景了罢。

冬

在故乡呢,大概山川还是依然存在罢!永远没有家中的消息,亲友故旧是不是还存着呢,那也是不得而知了。特别地,对着雪景,我怀忆起来白发苍苍的老祖母的面影来。

有人从东北来,告诉我东北的农村的荒废。在那广大的原野里,真是"千村万落生荆杞,禾生陇亩无东西"了!

据说,有时土匪绑票子只绑十支烟卷儿,在到处,人们都是过着变态的生活。

在故乡的大野里,在白雪的围抱中,我看见了到处是死亡,到处都是饥饿。

在白雪上,洒着鲜红的血,是义勇军的,是老百姓的。

据说,故乡的情形完全变样了。现在呈出了令人想象不到的变态的景象来了。

是死亡,是饥饿,是帝国的践踏,是义勇军的抵抗,是在白雪上流着猩红的血。在雪的大野中,是另一个世界了。

我想象不出了。我只是茫然地想象着那种猩红的血,洒在洁白的雪上,在山上,在平原上,在河滨上,洒在一切的上边。

雨雪雰霏,令我怀忆起我的故乡来。

故乡的新年

◎苏雪林

中国是个农业社会,对于过年过节,特别起劲,这也无怪。我们"七日来复"的制度已全付遗忘,更谈不上什么"周末",一年到头忙碌劳苦,逢着年节,当然要痛快地过一阵,借此休息筋骨并调剂精神。

我的故乡是在安徽省太平县一个僻处万山之中的乡村,风俗与江南各省大同小异。自离大陆,忽忽十年,初则漂泊海外,继则执教台湾,由于年龄老大,且客中心绪欠佳,每逢年节,不过敷衍一下聊以应景而已,从前那股蓬勃的兴趣再也没有了。现特从记忆里将我乡过年情节搜索一点出来,就算回乡一次呢。

我家在太平乡间也算是个乡绅之家,经济虽不富裕,勉强也可度日,因之一切场面均须维持一个乡绅体统。我们又是一个大家庭,平时气氛已不寂寞,到了过年时候当然更形热闹。大概一到腊月,即一年最后一个月,我们便步入了"过年"的阶段,全家上下为这件事忙碌起来。

家乡做衣裳都是先上城上镇选购了衣料,然后请裁缝来家缝制。全家大小每人都要缝件新衣过年。大陆冬季气候,不比台湾或南洋,冬衣是棉袄、皮袭一类。皮毛可由旧物翻新,棉则非新不可。讲究点则用丝绵,既轻且暖,穿在身上

十分舒适。这类材料,配个粗布面子,你想适合么?当然非绸缎不行,于是一家为了做新衣服,先要大大支出一笔。

乡间家家养猪,并养鸡鸭。祖宗原是我们唯一宗教信仰的对象。到了冬至那一天,从猪栏里牵出一头又大又肥的猪,雇屠夫来杀。杀剥后架上木架,连同预先备下的十几色祭品,抬到祠堂祭祀祖宗——祖祭是由拈阄决定,并非每家每年都要当值。

祭祖毕,将猪抬回家分割。至亲之家要送新鲜猪肉一二斤不等,余者则腌成腊肉,或切碎成肉丁和五香灌制香肠。一头猪的肠不够,要预先到肉铺添购几副,才能做成许多串肠子供大家庭食用。腌鸡、腌鸭、腌各色鱼也于此时动手。猪头必须保持完整,头部只留毛一撮,以备将来应用时编成小辫,上插红纸花。同时腌下首尾留毛羽的大公鸡、长二尺以上的大鲤鱼各一,称为"三牲",留作除夕"谢年"之用。

以后又翻黄历,在腊月里,挑选一个吉日,做年糕米粿等类。材料是糯粳米各半,水磨成粉,搓半干,揿入枣木制的模型中。那些模型虽比不上《红楼梦》里什么"莲叶羹"的银制模型精致,花色却颇繁多,有"福禄寿三星",有"刘海戏金蟾",有"黄金万两"、"步步平安",还有"财神送宝"、"观音送子"等,无非是取个好兆头罢了。糕饼制成后,入大蒸笼蒸熟摊冷,用新泉浸于大缸,新年里随意取若干枚,或炒或煮,用以招待亲朋,一直要吃到元宵以后。

做妥年糕米粿,接着送黄豆到豆腐作坊换取豆腐。换来后,切块,煎以香油,渍以青盐,盛于瓦钵,供正月里佐膳之用。因为新年里有好多天买不到豆腐。

孩子们最欢喜的莫如"做糖"了。先预备了炒微焦的芝麻、爆米，用融化的麦芽糖在热锅里将这些材料混合，起锅趁热搓成长条，拍得方整，利刀切片。纯粹的黑白芝麻糖，顶香、顶好吃；单是爆米的则为次等货。花生米、蚕豆、豌豆、葵籽，逢到新年，消耗量数可观，所以也要大事预备。

送灶，各地皆在腊月廿四，我乡为了廿四接祖，故改在廿三。香烟纸马外，供品里必不可少的是麦芽糖和糯米圆子二色。因为灶君上天，将在玉皇大帝前报告我们一家这一年里所行各事。人们行事总是恶多善少，老头儿据实上陈，我们尚感吃不住，倘若他一时高兴，加些油盐酱醋，那岂不更糟。麦芽糖和糯米团最富黏性，黏住灶公牙齿，他上天奏事的时候，说话含糊不清，玉帝心烦，挥手令退，他老人家自己也内愧于心，及时住口了。愚弄鬼神一事，我们中国人可算聪明第一：宋代便有"醉司命"，用酒糟敷满神龛，使得灶公醉醺醺地上天无法播弄是非。独怪灶公年年上当永不觉悟，这种颠顶老子，真只配一辈子坐在厨房里，火烈烟熏！

前面说过祖宗崇拜是我们家乡唯一宗教。祖宗不唯在全村第一宏丽的家祠里接受阖族祭祀，还要回到各个家庭，和子孙一起过年。腊月廿四日，乃祖宗"下驾"之日，各家先数日收拾正厅，洒扫至洁，从全家最高处的阁楼，将祖宗遗容请出，一幅幅挂起。祖宗服装，从明朝的纱帽玉带直到清代的翎顶朝珠，将来当然还要加上民国的燕尾服、大礼帽，不过在我这一代还没有看见，想必将来祖宗喜神仅用照片，不必绘画了。那个正厅，上挂红纱宫灯，下铺红毯，供桌和坐椅一律系上红呢帷幕，案上红烛高烧，朱盘高供，满眼只觉红光晃漾，喜气洋洋！

"接祖"的一桌供品，丰盛自不必说。礼毕，只留干果素

肴,荤菜则由家人享受。

到了除夕,又须大祭祖宗一次。又向天摆出猪头等三牲,名曰"谢年",并将灶公接回凡间。而后阖家老幼,团聚吃"年饭",饭毕,长辈互相用喜庆话道贺,晚辈则向长辈磕头辞岁,大人则每人赏以红包,名曰"压岁钱"。以前每人不过青蚨一百,渐变为银洋一元。恐小孩无知,说出不吉利的话,预先用粗草纸将各孩子嘴巴一擦,并贴出一张字条,大书"童言无忌",则可逢凶化吉。

吃年饭的时候,照例要在中堂置一大火盆炽满兽炭,火光熊熊,愈旺愈好,象征一年的好运。

有守岁者,或摸着小牌,或嗑着瓜子闲谈,开始精神颇旺,似乎可以熬个通宵,晨鸡初唱,便觉呵欠连连,不由沉入睡乡。不过元旦总该早起,打开大门,放一串鞭炮,以迎东来之喜气。

除夕前春联喜帖早已贴就,红纸条由正房、正厅直贴到猪栏、鸡栅,甚至扫帚上也贴,粪勺把儿上也贴。纸条上所写的无非是吉利话。

新正三日是我们中国人绝对休息的日子,读书人不开书卷,不拈笔墨,女人不引线穿针,嗑得满地瓜子壳,抛得满地纸屑,只有由他。第二日,实在看不过了,才略略扫向屋角,说这些是"财气",保留屋中才是聚财之道。直到第三日,室中垃圾,始用畚箕之类扫除出去。

元旦一早,凡家中男子都衣冠整肃,到宗祠向祖宗贺年,女子则没有这项权利,这是旧时代"重男轻女"习惯所酿成的现象。距宗祠过远者,只在家里拜拜了事。

拜祖后,大家开始互相登门贺岁。到处是恭喜声,继续鞭炮声,孩子掷"落地金钱"的噼啪声,家庭里则纸牌声、麻将声,连续七日。到了"上七",又要办供品祭祖,自己也享受一顿。

　　每逢新年,人们个个放松自己,尽量休息,我们的肠胃则恰得其反,不但不能罢工,还要负起两三倍劳动责任。大概自腊月廿四祖宗下驾日吃起,直吃到上七,天天肥鱼大肉,糖饼干果,一张嘴没有片刻之闲。顶苦的是到人家贺年一定要"端元宝"。所谓元宝便是茶叶鸡蛋。你到了人家当然要坐下款语片刻,主人端出盛满各色糖果的"传盒",你拈起一粒糖莲子,或几颗瓜子尚不算费事,等他捧出内盛"元宝"两枚的一只盖碗,无论如何,非端不可,一家两只元宝,十家便是廿只,你便有布袋和尚的大肚皮,想也盛不下,只有向主人说"元宝存库",明年再来"端"吧。但也有许多主人,不肯负保管责任,非要你当场"端"去不可,那才叫你发窘。我想中国人很多患胃扩张症,又多患消化不良,也许与过年过节之际,痴吃蛮胀有关。

　　过了上七必须忙元宵的灯会,青年们兴高采烈,扎出各色灯彩,又要预备舞狮子、玩龙灯,过了元宵,年事才算完结。大家收拾起一个多月以来松懈、散漫的生活,又来干各人正当生活了。

冬

在一个飘舞雪花的冬夜

◎玛拉沁夫

雪花,轻轻地飘落着,从清晨起,一直到蓝色的北方夜降临的时分。

月亮出来得很晚,恰像一位等待观众平静下来才姗姗出台的演员。在冬夜披着月光,在银白的、空荡而宁静的森林里赶路,使人觉得仿佛是漫游在童话世界之中。鄂伦春族老人杨本和我,就是这篇童话的出场人物。

杨本老人已经六十七岁了,然而白头发却比我的还少!两只猎人的眼睛,依然可以辨认几里以外的野兽。他是个老共产党员,在猎民当中有很高的威望。他会说一口哈尔滨一带的东北话,有时还唱几句东北小调。有一位同志曾经半开玩笑地称他为"翻译家",据说他曾经从汉语转译过一部不朽的作品,遗憾的是我还没有读过它。现在,他担当着给捕鹿队运送物资的任务,正好,我要到捕鹿队去,这样我们就成了友好的旅伴。

我们的四轮马车穿行在白桦林里。这正是雪后短暂的风平气和的时刻。厚厚的雪花,挂在桦树叶上,犹如一只只毛茸茸的白色小鸡。飞禽走兽还没有来得及在新雪上留下它们的脚印,只有我们的车辙是在这面巨纱上落下的两条针迹。在这样时刻,人们常常是沉入静静的观赏,而不轻易地去破坏北国严冬少有的寂宁。

杨本老人手里的马缰,松弛地耷拉在雪地上,马儿迈着缓慢的步伐略作喘息,以便于迎战每每雪后都要到来的大风暴!

我曾经历过多次草原风暴,然而森林风暴,对于我还是完全陌生的。风暴常常给人们带来损害,但是经历一次风暴,人们也会多享一次斗争的欢乐。

从遥远的森林的深处,传来了一种奇妙的声音,它既微弱而又刺耳,像是口技演员藏在那里故意逗弄着我们。不时,一阵冷风从雪面上掠过,吹起一层淡淡的雪的烟雾。树叶上的雪花一片片地飘落下来,由于风力微小,它们在空中飘舞了一会儿,便落在树身附近同伴的身上。

月亮没有方才那样明亮了,几片薄云遮住了它。夜空呈现出黄而似灰的颜色,那洁白的雪原上也仿佛罩上了一层尘埃……

这一切都预示着风暴即将来临!

杨本老人望了望天空,泰然地吹起口哨,然而他的双手却不由得勒紧了马缰。

"来,凑到一块儿坐吧!"他移到车厢中间坐下,对我说道。

我们往南走,顺风,风暴再大也不误我们赶路。我跟杨本老人并肩坐在一起,两个人合着把一件宽肥的狼皮大衣披在身后,又放下狐狸皮帽的旁耳。这时杨本老人向天空作了个欢迎的手势,打趣地说:

"请吧,风暴!"

没过多久,果真风暴来了。好像它一直等候在那幽暗的森林后面,当主人一发出约请,立刻就登上"门"来。

从那以后,我们好似被蒙上了眼睛,周围的一切景物,全都看不清了,耳朵里充塞着风婆放肆的叫喊声。然而那匹在任何情况下都能辨别道路的鄂伦春马,是足以使我们信赖的,它会把我们安然地拉到目的地去。我坐在摇篮一般有节奏地晃动的车厢里,闭上两眼倾听那自然界庞杂的音响,设想着假如有一位作曲家今晚与我们同行,他将会有怎样的感受?

这时,忽然不知从什么地方传来了熟悉的《国际歌》的音调,那歌词既不是蒙语,也不是汉语,我一句也听不懂。

  尤合勒,额沃米道恩吐米毕儿热,包勒……

从音调上,我听出这是"起来,饥寒交迫的奴隶"那句词。

顿时,我觉得整个森林都在合唱着。当我睁开眼来时,才发觉原来只是杨本老汉一个人,在轻轻地唱着那支伟大的歌曲。

他为什么不唱鄂伦春民歌、东北小调或者其他什么新歌,而在这时,在风雪冬夜的旅途中,突然唱起《国际歌》来?他的歌声虽然轻而又低,但是那样热烈而壮阔!与今晚这风暴的气氛恰恰吻合。我忽然觉得他不是平白无故地唱起这支歌的。听得出来,这歌声是发自他内心的最深处!

我向他看了一眼。他眉宇如常,脸色平静,只有从那眼角的细纹里露出一种自豪的神情。他的两眼直视着前面的道路,好像那条道路上浮现着使他深深激动的往事……

当他唱完以后,我问道:

"你唱的《国际歌》是鄂伦春语的?"

"是的,是鄂伦春语的《国际歌》!"

他攥紧拳头,又用汉语高声唱了起来:

不要说我们一无所有,

我们要做天下的主人……

庄严的《国际歌》!世界上有多少不同的民族,用多少不同的语言,唱着这支全世界无产阶级的战斗歌曲!这里有几千万,甚至几万万人口的大民族,也有几万,或者几十万人口的小民族,然而,在全世界只有两千人的鄂伦春族,是怎样第一次用自己民族的语言唱出这支伟大歌曲的呢?

我不是在作历史考证。这里面包含着比历史考证更为意义深远的东西!当我正在思索这个问题的时候,杨本老人自言自语地说:

"在二十年前的一个冬天,也是在夜里,我们两个人冒着风暴从这条道上走过!……"

"跟您同行的那个人还健在吗?"我问。

"在,他是一个汉族同志。那一天夜里,跟你一样,他也和我并排坐在一辆四轮马车上,到我们鄂伦春地区来。风雪叫人透不过气来,可是他不停地唱着一支歌,那支歌叫人一听,就浑身是劲,心里着起一把火来!我问他:'同志,你唱的是什么歌儿啦?'他说:'这支歌叫《国际歌》。'我说:'这么好的歌,教给我唱唱吧!'那位同志马上答应了。我用汉话刚学了几句,就知道这支歌的分量了。我停住唱,说:'这么好的歌儿,应当叫每一个鄂伦春人都会唱,同志,你帮助我把它翻译成鄂伦春话行不?'那个同志很同意,可是他说不会鄂伦春话。我说:'你给我讲歌词的意思,我试着翻。'就这样,第二天早晨,我们到达部落的时候,我们鄂伦春语的《国际歌》诞生了。它

像一只神鸟,很快飞到了苦难中的每一个鄂伦春人家,鄂伦春人都非常喜爱它!……"

风暴还没有平息,森林庄严地挺立着。我跟杨本老人紧紧地相靠着肩膀,又唱起那支"神鸟"的歌来……

解冻

◎徐开垒

解冻

济南,一城山色半城湖。

在济南小住几天,正逢着冬尽春来的时节。

大明湖的冰结已消,一片春水正荡漾着新设计的画舫,迎着游客自近而远,自远而近。

千佛山的积雪也融化了,银白的雪块变成了潺潺的流水。

趵突泉的瀑布冲激得比先前更响,更有力。

一切都从寒冷趋向温暖,从静寂走向活跃。

一切有生命的东西和没有生命的东西都解冻了。

阳光照耀了整个的古城。

街

质朴的山东人,像质朴的济南城。

街呵,排列在它两旁的房子,犹如它两只巨大壮健的手臂;活跃的市声犹如它跳动的肌肉。

春暖。沿街的紧闭了一冬的窗门已经打开,所有房子里

用以取暖的炉火已经停熄了。

推车的老大爷把皮帽上两边的耳罩翻起,他们胸前的纽扣也解开了,在街上摇摇摆摆走着,好像游在水里的鱼,虽然沉默着,恰显示着自由与逍遥。

老大娘们同样忙碌着,虽说上了年纪了,但在豆汁房,在剪刀铺,在一切可以操作的地方,都有她们的影子。

年轻人来来往往在街头,像穿梭一样地在为工作奔走。妇女们头上戴着解放帽,像我们南方的男人,一辆公共车载着她们上工厂去。

跳动的人们,跳动的街。

环城大路

环城是山,山边就是大道。

大道上,响着叮叮的声音。

暖暖的阳光下,几百个男女老幼在这里敲着石子,把大石敲成碎块,把碎块铺成大路。

还记着往昔小巷的影子吗?在雨天,穿着钉鞋,走在高低不平的石板地上,响着咚咚的回声。

现在,却是卡车驰驱着,从学院到工厂,从工厂到剧场。

大道上,响着叮叮的声音,几百个男女老幼在阳光下敲着石子,几万个男女老幼在这里来往……

松坊溪的冬天

◎郭风

一

冬天一天比一天走近来了。山上的松树林,还是青翠的。山上的竹林子,还是碧绿的。天是蓝的。立冬节以来,一直出好太阳。日光是金色的。

松坊溪岸边一丛一丛的蒲公英,他们带着白绒毛的种子,在风中飘,在风中飞扬。蒲公英在向秋天告别么?

冬天一天比一天走近来了。松坊溪岸边一丛一丛的雏菊,她们还在开放蓝色的花。

而山上的枫树,在前些日子里,满树全是花般的红叶,全是火焰般在燃烧的红叶,忽地全都飘落了。

看呵,看呵,在高大的枫树上,在枫树的赤裸的高枝间,挂着好多带刺的褐色果实。在枫树和枫树的中间,看呵,看呵,还有几棵高大的树,在赤裸的高枝间,挂着那么多的橙色果实,那么多小红灯般的果实,这是山上的野柿成熟了。

我忽地想到,这是枫树、野柿树携带满枝的果实,在迎接冬的到来。

二

下雪了。

雪降落在松坊村了。

雪降落在松坊溪上了。

雪降落下来了,像柳絮一般的雪,像芦花一般的雪。像蒲公英的带绒毛的种子在风中飞,雪降落下来了。

雪降落在松坊溪上了。像芦花一般的雪,降落在溪中的大溪石上和小溪石上。那溪石上都覆盖着白雪了。

好像有一群白色的小牛,在溪中饮水了,好像有几只白色的熊,正准备从溪中冒雪走到覆雪的溪岸上了。

好像溪中生出好多白色的大蘑菇了。

雪降落在松坊溪的石桥上了。像柳絮一般的雪,像蒲公英的飞起来的种子般的雪,纷纷落在石桥上。桥上都覆盖着白雪了:

好像有一座白玉雕出来的桥,搭在松坊溪上了。

三

又下了一场冬雪,早晨,雪止了。村子的屋顶上,稻草垛和篱笆上,拖拉机站的木棚上,都披着白雪。

山上的松树林和竹林子,都披着白雪。那高高的枫树和野柿树,他们的树干、树枝上都披着白雪。

远山披着白雪。石桥披着白雪。溪石披着白雪。从石桥上走过时,我停住了。我听见桥下的溪水,正在淙淙地流着。

我看见溪中照耀着远山的雪影,照耀着石桥和溪石的雪影。我看见溪中有一个水中的、发亮的白雪世界。

当我要从桥上走开时,我看见桥下溪中的白雪世界间,有一群彩色的溪鱼,接着又有一群彩色的溪鱼,穿过桥洞,正在游来游去。

忽地,我看见那成群游行的彩色溪鱼,一下子都散开了,向溪石的洞隙间游去,都看不见了。忽地,彩色的溪鱼又都游出来了,又集合起来,我又看见一群又一群彩色的溪鱼,穿过一个照耀在溪水中间的、明亮的白雪世界,向前游过去了。

冬

南半球的冬天

◎余光中

飞行袋鼠"旷达士"(Qantas)才一展翅,偌大的新几内亚,怎么竟缩成两只青螺,大的一只,是维多利亚峰,那么小的一只,该就是塞克林峰了吧。都是海拔万尺以上的高峰,此刻,在"旷达士"的翼下,却纤小可玩,一簇黛青,娇不盈握,虚虚幻幻浮动在水波不兴一碧千里的"南溟"之上。不是水波不兴,是"旷达士"太旷达了,俯仰之间,忽已睥睨八荒,游戏云表,遂无视于海涛的起起伏伏了。不到一杯橙汁的工夫,新几内亚的郁郁苍苍,倏已陆沉,我们的老地球,所有故乡的故乡,一切国恨家愁的所依所托,顷刻之间都已消逝。所谓地球,变成了一只水球,好蓝好美的一只水球,在好不真实的空间好缓好慢地旋转,昼转成夜,春转成秋,青青的少年转成白头。故国神游,多情应笑我早生华发。水汪汪的一只蓝眼睛,造物的水族馆,下面泳多少鲨多少鲸,多少亿兆的鱼虾在暖洋洋的热带海中悠然摆尾,多少岛多少屿在高庚的梦斯蒂文森的记忆里午寐,鼾声均匀。只是我的想象罢了,那澄蓝的大眼睛笑得很含蓄,可是什么秘密也没有说。古往今来,她的眼里该只有日起月落,星出星没,映现一些最原始的抽象图形。留下我,上扪无天,下临无地,一只"旷达士"鹤一般地骑着,虚悬在中间。头等舱的邻座,不是李白,不是苏轼,是双下巴大肚皮的西方绅士。一杯酒握着,不知该邀谁对饮。

有一种叫作云的骗子,什么人都骗,就是骗不了"旷达士"。"旷达士",一飞冲天的现代鹏鸟,经纬线织成密密的网,再也网它不住。北半球飞来南半球,我骑在"旷达士"的背上,"旷达士"骑在云的背上。飞上三万尺的高空,云便留在下面,制造它骗人的气候去了。有时它层层叠起,雪峰竞拔,冰崖争高,一望无尽的皑皑,疑是西藏高原雄踞在世界之脊。有时它皎如白莲,幻开千朵,无风的岑寂中,"旷达士"翩翩飞翔,入莲出莲,像一只恋莲的蜻蜓。仰望白云,是人。俯玩白云,是仙。仙在常中观变,在阴晴之外观阴晴,仙是我。哪怕是幻觉,哪怕仅仅是几个时辰。

"旷达士"从北半球飞来,五千里的云驿,只在新几内亚的南岸息一息羽毛。莫尔斯比(Port Moresby)浸在温暖的海水里,刚从热带的夜里醒来,机场四周的青山和遍山的丛林,晓色中,显得生机郁勃,绵延不尽。机场上见到好多巴布亚的土人,肤色深棕近黑,阔鼻、厚唇,凹陷的眼眶中,眸光炯炯探人,很是可畏。

从新几内亚向南飞,下面便是美丽的珊瑚海(Coral Sea)了。太平洋水,澈澈澄澄清清,浮云开处,一望见底,见到有名的珊瑚礁,绰号"屏藩大礁"(Great Barrier Reef),迤迤逦逦,零零落落,系住澳洲大陆的东北海岸,好精巧的一条珊瑚带子。珊瑚是浅红色,珊瑚礁呢,说也奇怪,却是青绿色。开始我简直看不懂。双层玻璃的机窗下,奇迹一般浮现一块小岛,四周湖绿,托出中央的一方翠青。正觉这小岛好漂亮好有意思,前面似真似幻,竟又浮来一块,形状不同,青绿色泽的配合则大致相同。猜疑未定,远方海上又出现了,不是一个,而是

一群,长的长,短的短,不规不则得乖乖巧巧,玲玲珑珑,那样讨人喜欢的图案层出不穷,令人简直不暇目迎目送。诗人赫伯特(George Herbert)说:

> 色泽鲜丽
> 令仓促的观者拭目重看

惊愕间,我真的揉揉眼睛,被香港的红尘吹翳了的眼睛,仔细再看一遍。不是岛!青绿色的图形是平铺在水底,不是突出在水面。啊,我知道了,这就是闻名世界的所谓"屏藩大礁"了。透明的柔蓝中漾现变化无穷的青绿群礁,三种凉凉的颜色配合得那么谐美而典雅,织成海神最豪华的地毯。数百丛的珊瑚礁,检阅了一个多小时才看完。

如果我是人鱼,一定和我的雌人鱼,选这些珊瑚为家。风平浪静的日子,和她并坐在最小的一丛礁上,用一只大海螺吹起杜布西袅袅的曲子,使所有的船都迷了路。可是我不是人鱼,甚至也不是飞鱼,因为"旷达士"要载我去袋鼠之邦,食火鸡之国,访问七个星期,去会见澳洲的作家、画家、学者,参观澳洲的学府、画廊、音乐厅、博物馆。不,我是一位访问的作家,不是人鱼。正如普鲁夫洛克所说,我不是尤利西斯,女神和雌人鱼不为我歌唱。

越过童话的珊瑚海,便是浅褐土红相间的荒地,澳大利亚庞然的体魄在望。最后我看见一个港,港口我看见一座城,一座铁桥黑虹一般架在港上,对海的大歌剧院蚌壳一般张着复瓣的白屋顶,像在听珊瑚海人鱼的歌吟。"旷达士"盘旋扑下,倾侧中,我看见一排排整齐的红砖屋,和碧湛湛的海水对照好鲜明。然后是玩具的车队,在四巷的高速公路上流来流去。

然后机身辘辘,"旷达士"放下它蜷起的脚爪,触地一震,悉尼到了。

但是悉尼不是我的主人,澳大利亚的外交部,在西南方二百里外的山区等我。"旷达士"把我交给一架小飞机,半小时后,我到了澳洲的京城堪培拉。堪培拉是一个计划都市,人口目前只有十四万,但是建筑物分布得既稀且广,发展的空间非常宽大。圆阔的草地,整洁的车道,富于线条美的白色建筑,把曲折多姿回环成趣的柏丽·格里芬湖围在中央。神造的全是绿色,人造的全是白色。堪培拉是我见过的都市中,最清洁整齐的一座白城。白色的迷宫,国会大厦,水电公司,国防大厦,联鸣钟楼,国立图书馆,无一不白。感觉中,堪培拉像是用积木,不,用方糖砌成的理想之城。在我五天的居留中,街上从未见到一片垃圾。

我住在澳洲国立大学的招待所,五天的访问,日程排得很满。感觉中,许多手向我伸来,许多脸绽开笑容,许多名字轻叩我的耳朵。缤缤纷纷坠落如花。我接受了沈锜先生及夫人、章德惠先生、澳洲外交部、澳洲国立大学亚洲研究所、澳洲作家协会、堪培拉高等教育学院等等的宴会;会见了名诗人侯普(A. D. Hope)、康波(David Campbell)、道布森(Rosemary Dobson)和布礼盛顿(R. F. Brissenden);接受了澳洲总督海斯勒克爵士(Sir Paul Hasluck)、沈锜先生、诗人侯普、诗人布礼盛顿及柳存仁教授的赠书,也将自己的全部译著赠送了一套给澳洲国立图书馆,由东方部主任王省吾代表接受;聆听了堪培拉交响乐队;接受了《堪培拉时报》的访问;并且先后在澳洲国立大学的东方学会与英文系发表演说。这一切,当在较为正式的《澳洲访问记》一文中,详加分述,不想在这里多说了。

冬

"旷达士"猛一展翼,十小时的风云,便将我抖落在南半球的冬季。堪培拉的冷静、高亢,和香港是两个世界。和台湾是两个世界。堪培拉在南半球的纬度,相当于济南之在北半球。中国的诗人很少这么深入"南蛮"的。《大招》的诗人早就警告过:"魂乎无南!南有炎火千里,蝮蛇蜒只。山林险隘,虎豹蜿只。鰅鱅短狐,王虺骞只。魂乎无南,蜮伤躬只!"柳宗元才到柳州,已有万死投荒之叹。韩愈到潮州,苏轼到海南岛,歌哭一番,也就北返中原去了。谁会想到,深入南荒,越过赤道的炎火千里而南,越过南回归线更南,天气竟会寒冷起来,赤火炎炎,会变成白雪凛凛,虎豹蜿只,会变成食火鸡、袋鼠和攀树的醉熊?

从堪培拉再向南行,科西阿斯科大山便擎起须发尽白的雪峰,矗立天际。我从北半球的盛夏火鸟一般飞来,一下子便投入了科西阿斯科北麓的阴影里。第一口气才注入胸中,便将我涤得神清气爽,豁然通畅。欣然,我呼出台北的烟火,香港的红尘。我走下寂静宽敞的林荫大道,白干的犹加利树叶落殆尽,枫树在冷风里摇响炫目的艳红和鲜黄,刹那间,我有在美国街上独行的感觉,不经意翻起大衣的领子。一只红冠翠羽对比明丽无伦的考克图大鹦鹉,从树上倏地飞下来,在人家的草地上略一迟疑,忽又翼翻七色,翩翩飞走。半下午的冬阳里,空气在淡淡的暖意中兀自挟带一股醒人的阴凉之感。下午四点以后,天色很快暗了下来。太阳才一下山,落霞犹金光未定,一股凛冽的寒意早已逡巡在两肘,伺机噬人,躲得慢些,冬夕的冰爪子就会探颈而下,伸向行人的背脊了。究竟是南纬高地的冬季,来得迟去得早的太阳,好不容易把中午烘到五十几度,夜色一降,就落回冰风刺骨的四十度了。中国大陆上一到冬天,太阳便垂垂倾向南方的地平,所以美宅良厦,讲究的是朝南。在南半球,冬日却贴着北天冷冷寂寂无声无嗅地旋转,夕阳没处,竟是西北。到堪培拉的第一天,茫然站在澳洲国立大学校园的草地上,暮寒中,看夕阳坠向西北的乱山丛中。那方向,不正是中国的大陆,乱山外,不正是崦嵫的神话?西北望长安,可怜无数山。无数山。无数海。无数无数的岛。

到了夜里,乡愁就更深了。堪培拉地势高亢,大气清明,正好饱览星空。吐气成雾的寒颤中,我仰起脸来读夜。竟然全读不懂!不,这张脸我不认得!那些眼睛啊怎么那样陌生而又诡异,闪着全然不解的光芒好可怕!那些密码奥秘的密码是谁在拍打?北斗呢?金牛呢?天狼呢?怎么全躲起来了,我高贵而显赫的朋友啊?踏的,是陌生的土地,戴的,是更陌生的天空,莫非我误闯到一颗新的星球上来了?

当然,那只是一瞬间的惊诧罢了。我一拭眼睛。南半球的夜空,怎么看得见北斗七星呢?此刻,我站在南十字星座的下面,戴的是一顶簇新的星冕,南十字,古舟子航行在珊瑚海塔斯曼海上,无不仰天顶礼的赫赫华胄,闪闪徽章,澳大利亚人升旗,就把它升在自己的旗上。可惜没有带星谱来,面对这么奥秘幽美的夜,只能赞叹赞叹扉页。

我该去新西兰吗?塔斯曼冰冷的海水对面,白人的世界还有一片土。澳洲已自在天涯,新西兰,更在天涯之外之外。庞然而阔的新大陆,澳大利亚,从此地一直延伸,连连绵绵,延伸到珀斯和达尔文,南岸,对着塔斯曼的冰海,北岸浸在暖脚的南太平洋里。澳洲人自己诉苦,说,无论去什么国家都太远太遥,往往,向北方飞,骑"旷达士"的风云飞驰了四个小时,还

没有跨出澳洲的大门。

美国也是这样。一飞入寒冷干爽的气候,就有一种重践北美大陆的幻觉。记忆,重重叠叠的复瓣花朵,在寒颤的星空下反而一瓣瓣绽开了,展开了每次初抵美国的记忆,枫叶和橡叶,混合着街上淡淡汽油的那种嗅觉,那么强烈,几乎忘了童年,十几岁的孩子,自己也曾经拥有一片大陆,和直径千里的大陆性冬季,只是那时,祖国覆盖我像一条旧棉被,四万万人挤在一张大床上,一点也没有冷的感觉。现在,站在南十字架下,背负着茫茫的海和天,企鹅为近,铜驼为远,那样立着,引颈企望着企望着长安、洛阳、金陵,将自己也立成一头企鹅。只是别的企鹅都不怕冷,不像这一头啊这么怕冷。

怕冷。怕冷。旭日怎么还不升起?霜的牙齿已经在咬我的耳朵。怕冷。三次去美国,昼夜倒轮。南来澳洲。寒暑互易。同样用一枚老太阳,怎么有人要打伞,有人整天用来烘手都烘不暖?而用十字星来烘脚,是一夜也烘不成梦的啊。

1972 年 7 月 14 日于悉尼

雪，误落都市

◎雷抒雁

一推开窗，呀，漫天皆白，落雪了。难怪黎明窗上亮得早。今冬多雪，一场接一场，不厌其烦落下来。昨天预报似乎还是小雪，并未引人留意。因为，多少次关于小雪的预报都落空了，有时只星星点点，飘下几粒，算是应付差事，地皮上不白不湿，太阳还淡淡地在天空，透露着一些讥讽似的不屑。这次，小雪居然成了大雪，地上白茫茫的一片，空中仍扯棉絮一般飘落着。

较起雨来，雪更能勾起人的诗情。一种恬适、宁静、纯净、明朗的情感，一瞬间就随那雪浮动起来。站在窗前，望着远远近近的屋脊，白生生覆盖着棉被一样，先前那些黑黑白白、沟沟洼洼的差异，都被一只神奇的手，一夜间抹平了。道边，光秃秃、黑黝黝的杨树也变得年轻丰满了。枝条上厚厚地堆着雪，也很像卷上了一层棉花。那样子，难免让人想到时尚的中年女士，多用了一些填充皱纹的粉底，多涂了一些增白皮肤的霜剂。白了，也嫩了。道路上也白了，是并不很实的白，时时裸露出一些遮掩不住的黑湿。

都市温暖慵懒的梦，正慢慢从雪下醒来。我想，上班的人知道窗外的雪情之后，便会是急促地穿衣、匆匆地洗漱、简单地进餐。其间，少不了相互的提醒，烦躁的埋怨。自行车是不

能骑了。公交车上车的拥挤艰难,行车的堵塞缓慢,以往的许多雪天记忆都成恐怖画面,一一重现于眼前。

雪给我的记忆,永远是美好的,无论是小时,在乡村,行走在落雪的旷野;还是读书,背诵那些落满白雪的诗词。从冬天的第一片雪落下,我的心就像孩子一样欢跃,因为落雪意味着寒假的到来,那一页"飘雪花,放寒假,学生娃娃都回家"的课文,永远给我以欢欣。堆雪人、打雪仗、场院里扫一块空地,支起筛子捉麻雀,还有热炕、炉火,烤得焦黄香脆的馒头、热乎乎一碗稀饭,都因为雪而显得温馨。及至读了些诗书,雪天就给人铺展开了想象,总想披着大衣在雪地里走走,体味一下雪片落在嘴唇上的感觉;更想约一二朋友,找一野亭温一壶酒,慢慢品味悠闲与清静给人精神的滋养。许多古典诗人就是这样生活着。

可是,站在高楼上,站在被楼影塞满的窗户前,突然会觉得这些想法既陈旧又奢侈。觉得自己像个潦倒的文人,或落魄的贵族,对往昔繁华生活的留恋。

这是都市!是高楼囚禁了思绪、车流冲乱了思绪的都市!城里人永远没有"瑞雪兆丰年"的期望。这一场雪,延误了多少人的准时上班,弄不好,扣了奖金也是可能的。那便不是"丰年",倒像"歉年"。看不到雪景给谁诗意。痴呆呆地站在马路牙子上看雪景?过往的人,会以奇异的目光看你:有病?出租车会不时用刺耳的鸣笛声逼你让路。无须太久,个把小时,也许就有人报了"110"来帮你。

早班的高潮一过,路就不像路了。那些白的雪,此刻都成了肮脏的、黑色的烂泥。其实,不是泥,没有泥黏稠和干净。这是被车轮碾来挤去,成了粥一般糊状的黑雪,等待着融雪剂慢慢将它化开,成肮脏的水流入下水道。这样的日子,雪后大约得持续两天。两天,先前洁白的雪,被人们的怨言染黑、消灭。

可怜的雪,误落在都市。

你该落到田野去,给冬麦盖上厚厚一层被子,让小麦来年更多的分蘖和抽穗。在俄罗斯的苏兹答里,就有一个叫作"被子节"的节日感恩雪的赐予。原本,雪就属于农民的期待。

如果落在山上,就到那个叫亚布力的地方去。滑雪的人会为你欢呼,滑雪场的老板想你想得失眠,像一个性急的情人。

要是一定想落在都市,雪,就落到杭州去,落在西湖,让白白的雪去衬蓝蓝的水。让断桥的残雪再演一些白蛇青蛇的传奇故事。

不过,千万不要落在那些为生活、为生存奔忙的都市人的路上。他们闲适的思绪,已被忙乱的脚步踩碎。已经难以有一个小小的空间,容纳你呈现出的奇妙诗意。生活的牢骚会玷污你洁白的袍子。

人们说:"肮脏的雪!"是的,都市的雪是黑的,落满了尘土、煤灰、纸屑以及一些只有都市才有的垃圾。谁都知道,这一切并不是随雪一齐落下的,雪原本只是白的。可是,没人细想这些,受埋怨的只有雪。

有时很奇怪,明明知道那冰、那雪,无论是躺着、站着,都不过是水的另一种形态,另一种语言,另一种存在方式,可是,突然站在那冰、那雪的面前,却竟联想不到水。冰的晶莹,让你想到水晶;雪的洁白,使你想到白玉。

仅仅是因为水变换了一下和世界交往的姿势吗?液态的水轻柔地流动,因为浪花的翻动而发出歌唱,如果你不在意偶

冬

尔的暴怒,水所犯下的错误,便很容易想到水所展示的女性的温柔,以弥漫和浸润的方式拥抱和抚爱着这个世界。而固态的水,冰呀雪呀,却显示的是坚硬,棱角分明;总是默默地凝神面对世界,倒很像是一些刚烈的战士。这一切,又只缘于严寒,短暂的冬季之后,冰又复归于水,坚硬又转换成轻柔。

哈尔滨,正是这样一个让人们反复见识水与冰、轻柔与刚强的城市。

多次到过这座奇丽的城市,且差不多总是在夏天。虽然,那时,北方强烈的阳光还在古老的索菲亚教堂的尖顶上闪烁,或者缓缓晃动在铺满花岗岩石块的街道上,却全无南国都市的焦躁和炎热。大团鲜艳的各色花朵在树荫下开得热闹而寂寞。此时,吸引人的并不是高楼下繁华的店铺;刚出炉的、巨大的"列巴"黑面包散发着浓浓的麦香,红肠一根根盘结着像一些温驯的紫红色的蛇蜷伏在玻璃橱柜里,老人们静静地用大玻璃杯端着琥珀色的新鲜啤酒,慢慢品味着岁月在这座城市里的变化。安息、恬静,并不是盛夏的哈尔滨所特别追求的意境。跟着行人的脚步和转动的车轮,你会到松花江上去,在长长的滨江大堤上随意找一排椅子,去看水,看活跃在水里、水外的人们。

磁石一般的松花江紧紧吸引着夏天的哈尔滨人。你总能看到一些年轻的妈妈穿着漂亮的衣裙,牵着孩子的小手,抱着一个鲜艳的游泳圈,急急向水边走去。而年轻的爸爸,也总是带着一些装满食品的饭盒和啤酒,紧随其后。游泳、嬉水之后,江边的沙滩上,撑起一把阳伞,小小的一块阴凉下,便有一个幸福的家,一顿惬意的野餐。于是,整个夏天,松花江边,无数的花伞绽成一座花园。隔江而望,是太阳岛,绿树红楼沉沉如画,歌声琴声从那里不时流淌出来,拍游累了躺在沙滩上的人们坠入浅浅的梦境。宽宽的、蓝蓝的江水无声地涌动着,大块的云团,从遥远的天际飘来,在头顶散成一些轻盈的羽毛。

碧水。云团。绿荫。花丛。整个夏天,哈尔滨都是一座被啤酒灌得微醺的城。使人难以弄清是生活拥抱着人,还是人拥抱着生活。

可是,要完全认识哈尔滨和哈尔滨人,你得到冬天。到满城杨树的黄叶落尽,到迟落的柳叶干枯在枝头,到第一场雪把空旷的田野染得黑黑白白、深深浅浅地勾出一些线条和图案,如一幅幅木刻画,还不行,还得晚些,到松花江结上薄冰。

一从松花江结上冰,便天天有人到江边来探测那冰的薄厚。有一个梦,在那冰上正萌发开来。待那冰厚到几十厘米,敲上去如打在石板上,发出清脆的石磬一般的声响,采冰人到了,一方方的冰,竟像一方方水晶,晶莹、透彻。曾经以轻柔和温润,抚弄过哈尔滨人肌肤的江水,此刻寒气逼人,一副凛然的高傲模样。

有了冰,哈尔滨的冬天,就变成了一个繁忙的建设工地。车载人驮的,是冰;拎起的,是冰;砌上去的,是冰。在暖如夏日的室内,人们擦去玻璃上的冰花,能看见一道道城墙、一座座城堡、一幢幢欧式古老建筑,突然出现在哈尔滨的土地上。这些建筑,不是原物的缩微。有的差不多是一比一的重建。而且,在那冰里,隐藏了各色的彩管。

零下24摄氏度,零下29摄氏度。凛冽的寒风,如古代侠士们无坚不摧的剑锋。这是生活在温带、热带的人们不敢想象的气候。对于哈尔滨人来说,这是一个如愿以偿的期待。冰雕也是耕耘,碰上一个暖冬,对于精心于冰雕的哈尔滨人来

说，无异于一个灾年。

　　哈气成霜，滴水成冰。哈尔滨人的想象力和创造力，在这冰雪之上却突然振奋起来，飞扬起来。冰锯、冰铲、冰刀，起落之间，一件件艺术品，脱颖而出：天鹅展翅、麋鹿扬蹄、长城崛起、巨轮起碇……空旷的广场上，立时，如同受了魔杖的点化，坐落成一片仙境。五彩的灯光，从那些建筑的顶部垂下来、根部射上去、内里透出来，如梦如幻，似无却有。虽然，你得着装厚笨，以御严寒，但在这仙境梦苑里，会从内心的深处滋生出一种轻盈、柔韧的力量，使你想飞动起来，穿越时空，穿越冰砌的建筑物，在缥缈的音乐和闪动的彩灯里沉醉，如果不是诗人，你会杂乱地生出一些关于人、关于自然、关于美、关于创造之类的感叹；如果有诗情，想出一些诗句，当然也很自然。

　　创造
　　只是一种灵感
　　是一瞬间的梦

　　现在，就让我们唤醒
　　河水
　　让它们站起来
　　站成透明的水晶

　　然后，任我们编织
　　建筑
　　雕刻
　　让温暖季节的奇迹
　　在严寒中再生

色彩闪动翅膀

光芒眨动眼睛

每一个音符

都在光滑的生活上跳动

噢,上帝,从此

我们不再畏惧寒冷

在最严酷的地方

有创造,就会晶莹

  徜徉在雕满各种杰作的冰雪大世界,厚厚的毛皮鞋,踏着光滑的冰和吱吱作响的雪,如果有兴致,随手买一串红红的冰糖葫芦慢慢地咬咂着,酸酸甜甜的滋味,一丝丝流进心里。真棒,冬天的味道!

  一条松花江,一江清澈水,两个季节,却萌生出两种风光,两种都令人赞叹、令人留恋的风光。我常想,如果不算春天,一个城市或冬,或夏,或秋,另有一种景致,便是一座美丽的、了不起的城。哈尔滨,却同时拥有了夏天和冬天,两种截然不同的美丽,能不让人向往!

  和哈尔滨的朋友相逢或者握别,那些魁伟健壮的男士、苗条秀丽的女士,总让人想起冬的冰雕与夏的江水。一种力量,一种柔婉,一种富于创造力的激情、浪漫和豪爽,正在那冰与水的交替中潜含着。

2003 年元月 9 日

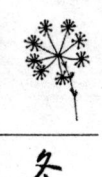

冬

俄罗斯那微黄的初雪

◎陈丹燕

1993年10月25日

从地铁车站出得站口来,我们穿过一个街心花园,往新处女修道院和新处女公墓去。据伊琳娜告诉我们,那里埋着赫鲁晓夫,他的墓碑是著名的一半白的大理石和一半黑的大理石组成的。伊卡捷琳娜——那是我有时忍不住对专横的房东太太的称呼——永远对无穷无尽的政治充满了评论的兴趣,而我已对被迫在这么多残酷而古怪的事情里打转而厌烦。在这里,再来不及去想这句唱遍西班牙的歌词:生活是如此短暂,因此,尽量去享受它。于是我开始发怒、抱怨,态度恶劣,惹得伊琳娜常常要讨好地赞美我并偷眼望我。

我当真对如今正在飞快地被大雪覆盖的莫斯科感到厌烦了,那是因为它总强迫你去想,去探索一些与政权、与阵营很有关系的事情,它强迫你去看政府和议会的战斗中坦克在路面上压出来的痕迹,强迫你去看二次大战中莫斯科战场上留下来的喀秋莎大炮,它们如今在莫斯科郊外陈列着,保持着战争中的姿态。

那个狭长的街心花园有着洁白低矮的栅栏,它们围着白桦树林。白桦树干即使在冬天,也洁白光滑,微微泛着银色的光芒,那真的是我们看到过的最洁净的树了,一些细小的枝条像女人的长发一样低垂着,非常柔软。

下雪了,雪眨眼之间变得像银杏叶子那么大,迅速地淹没了街心花园的小径上那些无人扫去的落叶,几步之外就看不清行人了。大地迅速地变得洁白,空气凝固着雪片带来的气味,那是刺鼻的清香。我用手接了一片雪花,它由一些细小的冰凌组成,那冰凌组成了一些极为工整对称的图案,就像是俄罗斯姑娘绣花裙上的十字花图案一样,美得简直就不像是天然的。它在我手心里化了。这是俄罗斯的初雪吗?

"这就是屠格涅夫写到的俄罗斯的初雪。"陈保平转过头来对我说。他当真是那个大三时可以俄苏文学免修的人。

新处女修道院有非常优美的白墙和金顶的东正教教堂,它们簇拥错落的圆圆的金顶,在大雪中有一种令人惊叹的温暖的气氛。

这是一个优美的地方,由于大雪,修道院里静静的没有游人。通往修道院内院的道路上有一些塔松,被雪打得格外耀目的绿,让我想起被雪打红的女孩子鲜艳的双颊和如蜜的少女气息。这是托尔斯泰描写的呢,还是契诃夫描写的?我记不得了。修道院里不得入内的,是沿雪松通往的修士们的住宅,那里面有一些肃穆的白房子。

独自坐在避雪的拱门里面,我等着陈保平独自去找赫鲁晓夫的墓,我对此毫无兴趣。我惊奇地发现那初雪,有一种微微的淡黄色,非常纯洁而稚气,让人想起处女。那雪中颜色鲜艳的教堂,刷成了雪白的墙壁,还有尖尖的简单的围墙塔楼,以及窗户又深又小、亮着黄色灯光的一排朴素的白房子,都洋

溢着一种处女般的生机勃勃、质朴而宁静的气息。这就是俄罗斯纯洁而善良的气息,被普希金的诗歌赞美着的,被柴科夫斯基的音乐歌颂着的。

四周静寂无声,只有雪在刷刷地下着。教堂关着门,从门缝里送出来的是白烛燃烧时的那种甜甜的油气,还有教堂里通常都有的熏香。东正教的教堂总是格外幽暗的,木板的神像上沾着香火焦黄的气息,东正教的神甫蓄着长胡子,祈祷文像是在无序地歌吟。教堂的墙壁总是斑斑驳驳的,因为年久失修。像铅笔一样粗细的祈祷蜡,在昏暗里面跳跃着指甲盖大小的金黄色的火苗,那是不知道多少人的多少个心愿。算起来,我不知走进过多少不同国家的神庙和教堂了,可是我想我没看见过比东正教的教堂里更真挚的祈祷蜡和火苗。我不知道为什么要固执地这么想,那些火苗,那些那么脆弱地迅速流着烛泪、一湿就会倒下熄灭的火苗,真像一些纯洁而苦难的眼睛。

那是俄罗斯文学中描绘过的眼睛。

我靠在教堂紧闭的大门上,冻得直哆嗦。我望着雪中柔和的天色,微黄的幽暗的又被雪映亮的奇异的天色,宁静中像是有什么悄然接近。我想那该是俄罗斯自然中的灵魂,一种纯洁而善良的、神话中公主的气息,我想我在初雪的中午,嗅到了一种忧伤的、被俄罗斯的诗人们称为"甜蜜的忧伤"的东西,它在悄然接近我。它像闪电一样击中了我。

我控制不住地打着哆嗦,不知道只是因为冷,还是由于内心的怜悯,我用膝盖顶住了自己的腹部,一阵阵颤抖是从那里发出来的。我想起来有一些白俄,他们说他们最大的渴望,就是坐火车从西伯利亚回国,让他们在火车一靠站的时候,可以伏身去亲吻覆盖着白雪的俄罗斯大地,那种亲吻的渴望。

雪中有几个孩子走来,很奇怪的,颤抖立刻消失了。雪地里被孩子的红雪靴踩出了几行脚印,但又很快被新的雪盖没了。我感到我爱大雪中的俄罗斯,我不知道,这是因为美丽而纯洁的大雪,覆盖了许多肮脏的街角和颓唐的落叶呢,还是它们激发出了被弄脏弄乱的大地内在的精神。

那是颜色微微发黄的美丽初雪。

大雪纷飞的夜晚,我们用从车站警察无耻的手里买来的对外国人新近实行的旅行外汇票,到圣彼得堡去。

大雪不停地下着,不一会儿,就堆满了大衣的肩头。在莫斯科学戏的北京男孩到火车站来送我们,他是个瘦弱但斯文的男孩,在黑暗的雪花覆盖的月台上走着。他说:"你们会爱那地方的,特别是你。"他点点我,我大概对他抱怨过莫斯科了,"那是和莫斯科太不一样的城市了,它的云压得那么低,它的城市那么旧,那么黑,那么忧郁,又那么刚烈。二次大战的时候,巴黎人为了保护自己的城市,对德国军队不战而降,而圣彼得堡人被围困了九百天,饿死了好多人就是不投降。所以那个城市也保护得好。但是,我认为人是不能住在圣彼得堡那样的地方,它会让你忧郁得发狂。"

男孩子把自己缩在大衣里,他的眼睛非常的机灵和温和,从十八岁到二十四岁,他青春年月中最重要的几年,是在著名的莫斯科戏剧学院里度过的。大雪把他的眉毛和睫毛都盖白了。

长长的月台上停着亮着灯光的黑色的列车,在大雪中喘息着。这条在沙皇时代所建的铁路,由于沙皇要笔直地从莫斯科通向彼得大帝的新都,用笔轻轻一画,就成了地图上让人惊讶的仅有的笔直的铁路,这条专横跋扈的铁路,将一个农奴制气息浓烈的莫斯科,与向往西方文明、充满欧洲情调的圣彼得堡连接在一起。几个世纪以来,不知道有多少我们在书本上看到过的俄国贵族、俄国知识分子在这个古老的月台上走过。不知道当年柴可夫斯基是怎样从莫斯科附近的科林,匆匆神秘地赶往圣彼得堡,最后死在那里。他当时是否也在这风雪之夜,和我们一样匆匆走在积雪的月台上。

车厢里很温暖,当我换了衬衣和长裤,睡进浆洗过并熨平的被单里,我吐出了一口很长很长的长气。

我想起一个德国洪堡大学的老师告诉我的话,她说到了圣彼得堡,那个伟大的壮实的城市,你会觉得伦敦也不过如此。她谈到圣彼得堡的时候两眼发光,她说:"它的城市有时非常昏暗和阴沉,它的街道上,在有轨电车道旁边常常可以看到有一尺多深的大洞,是失修了,可是它真美。"

她说它有时会让人想哭出来。

我把这个告诉给下铺的陈保平,这会儿,他正躺着读那套蓝色封面的爱伦堡的回忆录。他向上仰起眼睛来,认真地说:"我希望你能喜欢它,我认为你对莫斯科的愤怒,是因为你从西欧过来,看惯了鲜花和咖啡馆什么的,落差太大的关系。"

我说不是的,仿佛不是这样的,仿佛莫斯科迫使我进入一个政治化的套子。而我则坚决不喜欢这样,普通人只想过没有政治阴影的生活。

我想我一定在莫斯科时做了一些态度恶劣的事情,我伸过手去摸了摸陈保平的头发和脸。也许我是因为旅行的时间太长了想家,想念宁静的按部就班的生活了。我淡淡地想了一会儿将要在清晨到达的圣彼得堡,我不知道这城市对我的含意。

在朦朦胧胧之中,我听到陈保平在与我们对面铺位上的一个俄国男人断断续续地交谈。那个男人是旅游部门的工作人员,能说一些英语,有着书上写的那种亚麻色的头发,那头发在根部比较深,然后渐渐浅起来,几近白色,看上去真的像是亚麻做的一样。那男人是彼得堡人。

陈保平问他怎么看叶利钦。

他说,共产党,No,叶利钦,No。谁是对俄罗斯合适的人呢,do not know(不知道)。他说,他只想俄罗斯的人们能有愉快的生活,有假日,有鲜花,过好日子,至于是谁来领导这个国家,应该是谁能做到谁来做。

腊八粥

◎冰心

从我能记事的日子起,我就记得每年农历十二月初八,母亲给我们煮腊八粥。

这腊八粥是用糯米、红糖和十八种干果掺在一起煮成的。干果里大的有红枣、桂圆、核桃、白果、杏仁、栗子、花生、葡萄干等等,小的有各种豆子和芝麻之类,吃起来十分香甜可口。母亲每年都是煮一大锅,不但合家大小都吃到了,有多的还分送给邻居和亲友。

母亲说,这腊八粥本来是佛教寺煮来供佛的——十八种干果象征着十八罗汉,后来这风俗便在民间通行,因为借此机会,清理橱柜,把这些剩余杂果,煮给孩子吃,也是节约的好办法。最后,她叹一口气说:"我的母亲是腊八这一天逝世的,那时我只有十四岁。我伏在她身上痛哭之后,赶忙到厨房去给父亲和哥哥做早饭,还看见灶上摆着一小锅她昨天煮好的腊八粥,现在我每年还煮这腊八粥,不是为了供佛,而是为了纪念我的母亲。"

我的母亲是1930年1月7日逝世的,正巧那天也是农历腊八!那时我已有了自己的家,为了纪念我的母亲,我也每年在这一天煮腊八粥。虽然我凑不上十八种干果,但是孩子们也还是爱吃的。抗战后南北迁徙,有时还在国外,尤其是最近

的十年,我们几乎连个"家"都没有,也就把"腊八"这个日子淡忘了。

今年"腊八"这一天早晨,我偶然看见我的第三代几个孩子,围在桌旁边,在洗红枣,剥花生,看见我来了,都抬起头来说:"姥姥,以后我们每年还煮腊八粥吃吧!妈妈说这腊八粥可好吃啦。您从前是每年都煮的。"我笑了,心想这些孩子们真馋。我说:"那是你妈妈们小时候的事情了。在抗战的时候,难得吃到一点甜食,吃腊八粥就成了大典。现在为什么还找这个麻烦?"

他们彼此对看了一下,低下头去,一个孩子轻轻地说:"妈妈和姨妈说,您母亲为了纪念她的母亲,就每年煮腊八粥,您为了纪念您的母亲,也每年煮腊八粥。现在我们为了纪念我们敬爱的周总理、周爷爷,我们也要每年煮腊八粥!这些红枣、花生、栗子和我们能凑来的各种豆子,不是代表十八罗汉,而是象征着我们这一代准备走上各条战线的中国少年,大家紧紧地、融洽地、甜甜蜜蜜地团结在一起……"他一面从口袋里掏出一小张叠得很平整的小日历纸,在1976年1月8日的下面,印着"农历乙卯年十二月八日"字样。他把这张小纸送到我跟前说:"您看,这是妈妈保留下来的。周爷爷的忌辰,就是腊八!"

我没有说什么,只泣然地低下头去,和他们一同剥起花生来。

1979年2月3日凌晨

炉 火

◎臧克家

金风换成了北风,秋去冬来了。冬天刚刚冒了个头,落了一场初雪,我满庭斗艳争娇的芳菲,顿然失色,鲜红的老来娇,还有各色的傲霜菊花,一夜全白了头。两棵丁香,叶子簌簌辞柯了,像一声声年华消失的感叹。

每到这个季节,十一月上旬,我生上了炉火,一直到明年四月初,将近半年的时光,我进入静多动少的生活。每到安炉子和撤火的时候,我的心里总有些感触,季候的变迁,情绪的转换,打下了很鲜明、很深刻的印记。

我的小四合院,每到冬季,至少要安六个炉子,日夜为它奔忙,我的家人总是念咕说:安上暖气多省事呵,又干净。我也总是用我的一套理由做挡箭牌:安暖气花费太大呀,开地道安管子多麻烦呵,几吨煤将放在何处?还得有人夜里起来烧锅炉……,我每年这样搪塞,一直搪塞了二十一年。其实,别的是假的,我心中的一条是:我爱炉火!

我住北房,三明两暗。左右两间有两个炉子,而当中的会客室,却冷冷清清,娇花多盆,加上两套沙发,余地供回旋的就甚少了。客人来了,大衣也不脱,衣架子成了空摆设。到我家做客的朋友们,都说我屋子里的温度太低了。会客室里确是有点清冷,而我的写作间兼寝室却暖和和的。炉子,成为我亲

密的朋友,几十年来,它的脾气我是摸透了。它,有时暴烈,有时温柔,它伴我寂寞,给我慰安和喜悦。窗外,北风呼号,雪花乱飘,这时,炉火正红,壶水正沸,恰巧一位风雪故人来,一进门,打打身上的雪花,进入了我的内室,沏上一杯龙井,泡沫喷香,相对倾谈,海阔天空。水壶咝咝作响,也好似参加了我们的叙谈,人间赏心乐事,有胜过如此的吗?

每晚,我必卧在床上,对着孤灯,夜读至十时,或更迟些。炉火伴我,它以它的体温温暖我,读到会心之处,忽然炉子里砰砰爆了几声,像是为我欢呼。有时失眠了,辗转不能安枕,就看炉子里的红光一点,像只炯炯的明眸,我心安了,悠悠然,入了朦胧的境界。

暖气,当然温暖,也干净,但是呵,它不能给我以光,它缺少性格与一种活力。我要光。我要性格。我要活力。

我想到七八岁上私塾的时候,冬天,带上个铜"火箱",里边放上几块烧得通红的条炭,用灰把它半掩住,"火箱"盖上全是蜂窝似的小孔,手摸上暖乎乎的,微微的火光从小孔里透露出来,给人以光辉,它不仅使人触感上感到温暖,而且透过视觉在心灵上感受到一种启示与希望的闪光。

有这种生活经验的人,会饶有情味地回忆到隆冬深夜,置身在旷山大野中,几个同伴围在篝火旁边取暖的动人的情景,火,以它的巨大热力使人通体舒畅,它的火柱冲天而起,在黑暗中给人以一种巨大的鼓舞力量与向前冲击的勇气。在它的猛烈的燃烧中,进出噼噼啪啪的爆炸,不像一声声鼓点吗?

炉火当然不是铜"火箱",也不是篝火,可是它们也有相同的性格:它们发热,它们发光,它们也能发出震撼心灵的声响。

几十年来我独持异议不安暖气,始终留恋着炉火,原因就在此。

1984年11月24日

冬

雪

◎黄苗子

北京今年的雪似乎比往年多,元旦到春节,一连降下几场雪。

北京人喜欢雪,一夜醒来,白皑皑一片澄澈的琉璃世界,雪花沾在玻璃窗上,让你感觉室内特别温暖;纷纷扬扬的雪片,疏疏密密地撒向大千,使现代天真的儿童,觉得是天公逗着大地玩跳舞;使唐末大盗黄巢,写出"战罢玉龙三百万,败鳞残甲满天飞"的惊人豪句;也使远客边陲的岑参,发出"忽如一夜春风来,千树万树梨花开"的奇想……一样的雪,不同的人感觉不同,但都从美的印象出发。

拂晓的雪,掩盖了杂乱参差的高低层建筑,埋葬了纸醉金迷的酒吧歌馆,都市常见的浑浊喧嚣,灰尘垃圾以及一切肮脏事物,也顿时灭迹,只有皓白无垠的茫茫天地。除了爱斯基摩人的家乡,此等奇观,即便在隆冬的北京,也不是经常遇到的。

然而当雪逐渐消退,人类对大地任意地糟蹋的"真容",也就原形毕露了。

环境纯洁,使得人的心灵也顿时纯洁。不断烦人的"恭喜发财"电话,庸俗、无厘头的手机短信"祝你新年,感冒失眠"、"考试零分叫鸭蛋……呜呼哀哉叫完蛋,蛋吃不完的叫剩蛋——圣诞快乐"……也都被银白雪花从脑子中涤荡干净。至少是区区我,更喜欢在一年的开头,有这么几天"身在水晶域"的身心享受。

年老了,听李辉夫妇意气风发地讲他们几天前在京郊滑雪的兴趣,心里好生羡慕!如果老天给我减去五六十年,我当然能同李辉一样健步如飞登上山头,挥舞滑雪杆,飘飘然有"飞将军从天而降"的感受,岂不快哉!但即使秦王汉武以来,不少人有这种返回青春的痴望,上帝却从未批准过。于是,老汉我便幻想到一个人生归宿的最佳选择,那就是曹雪芹在《红楼梦》八十回本上给宝玉安排的结局,即在大雪中身披红袍,慢慢走向天地尽头,在遥远中逐渐消失,"落了片白茫茫大地真干净"!全不用送医院,动手术,打吊针,进殓房,发讣闻,待火化,开追悼种种鄙俗烦恼手续。

然而,雪在人的感觉中,不一定都是美的,中国著名戏曲《六月雪》(《窦娥冤》)就描写天公下雪,为人间鸣不平;也有句成语:"雪上加霜",(喻义同于"落井下石")等等可悲、可鄙的不同心情。

历史上人间的统治者称为"天子",天的儿子权倾天下,他们明白自己的权力是"天爸爸"给的,于是产生"畏天"的心理;相信天象的变化,是天对人类灾祥祸福的预告,是天对儿子的申戒。汉武帝因钦天监(气象官)的奏章,觉悟到他的倒行逆施犯了天怒,便勇敢地下"罪己诏",沉痛地自我批评,把自己的过失颁布天下。

现代科技破除了迷信,但在普通老百姓心中,总还嘀咕着,下几场雪应是"雪兆丰年"而不是其他?

雪还未消,意已阑珊,便觉得寒气侵肌,于是:

"躲进小楼成一统,管他春夏与秋冬!"

2005年2月18日

花床

◎缪崇群

冬天,在四周围都是山地的这里,看见太阳的日子真是太少了。今天,难得雾是这么稀薄,空中融融地混合着金黄的阳光,把地上的一切,好像也照上一层欢笑的颜色。

我走出了这幽暗的小阁,这个作为我们办公的地方,(它整年关住我!)我扬着脖子,张开了我的双臂,恨不得要把谁紧紧地拥抱了起来。

由一条小径,我慢慢地走进了一个新村。这里很幽静,很精致,像一个美丽的园子。可是那些别墅里的窗帘和纱门都垂锁着,我想,富人们大概过不惯冷清的郊野的冬天,都集向热的城市里去了。

我停在一架小木桥上,眺望着对面山上的一片绿色,草已经枯萎了,唯有新生的麦,占有着冬天的土地。

说不出的一股香气,幽然地吹进了我的鼻孔,我一回头,才发现了在背后的一段矮坡上,铺满着一片金钱似的小花,也许是一些耐寒的雏菊,仿佛交头接耳地私议着我这个陌生的来人:为探寻着什么而来的呢?

我低着头,看见我的影子正好像在地面上蜷伏着。我也真的愿意把自己的身子卧倒下来了,这么一片孤寂宁馥的花朵,她们自然地成就了一张可爱的床铺。虽然在冬天,土下也

还是温暖的吧?

在远方,埋葬着我的亡失了的伴侣的那块土地上,在冬天,是不是不只披着衰草,也还生长着不知名的花朵,为她铺着一张花床呢?

我相信,埋葬着爱的地方,在那里也蕴藏着温暖。

让悼亡的泪水,悄悄地洒在这张花床上罢,有一天,终归有一天,我也将寂寞地长眠在它的下面,这下面一定是温暖的。

仿佛为探寻什么而来,然而,我永远不能寻见什么了,除非我也睡在花床的下面,土地连接着土地,在那里面或许还有一种温暖的、爱的交流?

冬天

◎汪曾祺

天冷了,堂屋里上了槅子。槅子,是春暖时卸下来的,一直在厢屋里放着。现在,搬出来,刷洗干净了,换了新的粉连纸,雪白的纸。上了槅子,显得严紧,安适,好像生活中多了一层保护。家人闲坐,灯火可亲。

床上拆了帐子,铺了稻草。洗帐子要拣一个晴朗的好天,当天就晒干。夏布的帐子,晾在院子里,夏天离得远了。稻草装在一个布套里,粗布的,和床一般大。铺了稻草,暄腾腾的,暖和,而且有稻草的香味,使人有幸福感。

不过也还是冷的。南方的冬天比北方难受,屋里不生火。晚上脱了棉衣,钻进冰凉的被窝里,早起,穿上冰凉的棉袄棉裤,真冷。

放了寒假,就可以睡懒觉。棉衣在铜炉子上烘过了,起来就不是很困难了。尤其是,棉鞋烘得热热的,穿进去真是舒服。

我们那里生烧煤的铁火炉的人家很少。一般取暖,只是铜炉子,脚炉和手炉。脚炉是黄铜的,有多眼的盖。里面烧的是粗糠。粗糠装满,铲上几铲没有烧透的芦柴火(我们那里烧芦苇,叫作"芦柴")的红灰盖在上面。粗糠引着了,冒一阵烟,不一会儿,烟尽了,就可以盖上炉盖。粗糠慢慢延烧,可以经

很久。老太太们离不开它。闲来无事,抹抹纸牌,每个老太太脚下都有一个脚炉。脚炉里粗糠太实了,空气不够,火力渐微,就要用"拨火板"沿炉边挖两下,把粗糠拨松,火就旺了。脚炉暖人。脚不冷则周身不冷。焦糠的气味也很好闻。仿日本俳句,可以作一首诗:"冬天,脚炉焦糠的香。"手炉较脚炉小,大都是白铜的,讲究的是银制的。炉盖不是一个一个圆窟窿,大都是镂空的松竹梅花图案。手炉有极小的,中置炭墼(煤炭研为细末,略加蜜,筑成饼状),以纸媒头引着。一个炭墼能经一天。

  冬天吃的菜,有乌青菜、冻豆腐、咸菜汤。乌青菜塌棵,平贴地面,江南谓之"塌苦菜",此菜味微苦。我的祖母在后园辟小片地,种乌青菜,经霜,菜叶边缘作紫红色,味道苦中泛甜。乌青菜与"蟹油"同煮,滋味难比。"蟹油"是以大螃蟹煮熟剔肉,加猪油"炼"成的,放在大海碗里,凝成蟹冻,久贮不坏,可吃一冬。豆腐冻后,不知道为什么是蜂窝状。化开,切小块,与鲜肉、咸肉、牛肉、海米或咸菜同煮,无不佳。冻豆腐宜放辣椒、青蒜。我们那里过去没有北方的大白菜,只有"青菜"。大白菜是从山东运来的,美其名曰"黄芽菜",很贵。"青菜"似油菜而大,高二尺,是一年四季都有的、家家都吃的菜。咸菜即是用青菜腌的。阴天下雪,喝咸菜汤。

  冬天的游戏:踢毽子,抓子儿,下"逍遥"。"逍遥"是在一张正方的白纸上,木版印出螺旋的双道,两道之间印出八仙、马、兔子、鲤鱼、虾……每样都是两个,错落排列,不依次序。玩的时候各执铜钱或象棋子为子儿,掷骰子,如果骰子是五点,自"起马"处数起,向前走五步,是兔子,则可向内圈寻找另一个兔子,以子儿押在上面。下一轮开始,自里圈兔子处数起,如是六点,进六步,也许是铁拐李,就寻另一个铁拐李,把子儿押在那个铁拐李上。如果数至里圈的什么图上,则到外圈去找,退回来。点数够了,子儿能进终点(终点是一座宫殿式的房子,不知是月宫还是龙门),就算赢了。次后进入的为"二家"、"三家"。"逍遥"两个人玩也可以,三个四个人玩也可以。不知道为什么叫作"逍遥"。

早起一睁眼,窗户纸上亮晃晃的,下雪了!雪天,到后园去折腊梅花、天竺果。明黄色的腊梅、鲜红的天竺果,白雪,生意盎然。腊梅开得很长,天竺果尤为耐久,插在胆瓶里,可经半个月。

春粉子。有一家邻居,有一架碓。这架碓平常不大有人用,只在冬天由附近的一二十家轮流借用。碓屋很小,除了一架碓,只有一些筛子、箩。踩碓很好玩,用脚一踏,吱扭一声,碓嘴扬了起来,嘭的一声,落在碓窝里。粉子舂好了,可以蒸糕,做"年烧饼"(糯米粉为蒂,包豆沙白糖,作为饼,在锅里烙熟),搓圆子(即汤团)。春粉子,就快过年了。

1988 年 12 月 22 日

冬

龙灯花鼓在民间

◎煤煤

乡里人过年,直视为再重要不过的事,他们把过年看得这么样隆重,与其说是纪崇季节,倒不如说是好吃贪玩。因为大年正月是律定了的休闲时分,就是终年不住手脚的贫苦农工,也得在这时候偷闲二三日不等。同时俗语说,麻雀子也有一个大年夜,这就是说无论怎样穷困的人,到了年底都得预备一点过年的粮食与酒肉,哪怕平素饿肚皮的人而大年夜一顿酒肉是少不了的,因着有这两层堪有引起一般平日在困苦中打转的穷乡人的渴慕和馋望的缘故,过年在乡下就成了终年唯一的盛举了。

一年辛苦到头的乡农们,迨到年三十夜,把终年岁月只有这一餐比较丰盛的年夜饭吃过以后,第二天起来又是新年初一了!拜祖宗,迎春,动土,试牛,发笔……把这些应行的仪节做过以后,就是出去拜年了。拜年的用意有三,一是谋面,二是乞和,三是赚食。真的,乡里人的汗血太不值钱了,一天犁牛式的短工还挣不上三十枚铜子,说他们视钱如命当然不为挖苦而是实情了。在年底收工钱的时候,往往为着一个铜子闹翻了脸是常有的,然而平日有来往的都是贴邻近舍,见气了不是很不便吗?所以利用这新年大节去乞口和,圆圆脸,自然是很必要的了。此外如乡下人平日不爱或是无暇动脚,真所谓是老死不相往来,一到新年,尽管你平素是躺在炕床享乐的老太爷,也得勉屈尊步多出去敷衍一番。否则人家定会说你搭架子,以后遇事就非同你抬杠不可了。再就是他可以利用这机会出去赚饭食,因为拜年客是不可简慢的,情谊厚点的留酒留饭,甚至于酒食流连,一住就是三五天不等。就是平素不相干的客人来了,至少也得留吃一点茶点、甜酒冲蛋之类,小孩子要打发炒米粑粑,老人家要孝敬细点糖食,大概稍微讲究一点的破落的中等人家都非做到这一步不可。

从初一到十五,说得上为法定的农闲时间,无论长工、短工、自耕、佃农或是打杂、做手艺的,在节内多半是不轻易工作。打发这些闲时的办法除开拜年串门,或是小数的赌博斗牌外,就是约伙玩灯了。玩灯不但是乡村中间唯一的高尚娱乐,而且是点缀新年佳节必有的盛举。这种玩意在中国是有旧例可援的,唐朝的猛将薛刚不是为着大闹花灯而闯下滔天大祸吗?但是他毕竟是英雄人物,终归为复仇雪耻举兵反唐,造了历史上最轰烈的一页!

乡下人玩出来的龙灯花鼓,不但是一种极为错综复杂的综合的艺术,并音乐、戏剧、美术、武艺而有之,而且是一种雏形的民族或群众的组织,内中带着有许多竞争和比赛的意味,不仅为枯燥寂寞的乡村的有力的兴奋剂,实在为调和农民生活,陶冶乡人心性必要的壮举雅事。

这种龙灯的发起,大概以一团——五十户到百户——为单位,组织很简单,由几个为首的人沿门挨户地邀约一声就够了。经费除扎灯彩与点蜡烛外别无开支,因为主干分子的锣鼓手与扮旦装丑的,响器和服饰等都是由自己预备,所以这种玩意只要大家高兴,年岁丰收,办起来是并不如何费事。

第一步工作是扎灯彩,这是非出于花匠之手不可。说也稀奇,乡村中的灯彩倒是扎得挺精致优美的,例如麒麟、狮子、龙凤、螃蟹、蚌蛤、虾子、鲤鱼……无一样不惟妙惟肖,活灵活现!形式的合度,糊裱的精工,装潢的瑰丽,描绘的恰适……都无不极尽了巧妙的能事!此外如牌灯、绣球灯、跑马灯……亦无不玲珑娇巧,悦目美观!谁说乡下人是落伍的,他们做出来的东西才是工精技巧,好看结实,也许要比自认进化的都市的出品高出数倍!真的,我直觉得我幼年在故乡所看的花灯足以叹为观止,这些年来在外边倒没有见到如那般美妙的灯彩了!

把灯彩安排完备以后,就是物色丑旦角的人选。旦角的脸蛋子要长得漂亮好看是不用讲,而歌喉的尖锐婉转尤为必要的条件,因为装旦是要手口并用,声色兼全的角色才能上选,否则就不足以出尽风头而倾倒众生了。扮丑角的呢,就是要有一副丑恶难看的面孔兼着一手滑稽突梯的表情,更要脸皮厚,做得出顽皮无聊的、耻笑的低趣举动,总之,要不害臊,不惜色,不怕丢丑,能挨打骂,这样,准有当丑角的资格了。玩一场灯,单有华丽的灯彩与一郎一姐的对手还是嫌不够,完备热闹的花灯一定要有渔翁戏蚌与福、禄、寿、喜四星同时上路才算。装渔翁的要饰得鬓发如雪,老态龙钟,银丝般的白胡子拖着一尺来长,黄土布的围袱扎在腰上,肩膀上驼着一副破网子,无常式的高帽子偏戴着,弯着膝盖骨总是在蚌壳精的前面逡巡献媚,那一副色情狂的老淫虫的痴憨状态,见了会令人捧腹不已!扮蚌壳精的要年轻身小,美丽玲珑,小小的个子藏在蚌壳里边,浑身穿着红的衫裤,乌云配粉脸,卖俏又装娇,看来是怪可怜爱的。福、禄、寿、喜四星,也全用人扮饰着,蟒袍、皂靴、纱帽、玉带、朝珠、笏片……俨然是一品当朝、福禄全归的样子。装四星的角儿不但要谙台步、娴手式，而且要能开口哼唱几句，每到一户的登堂戏是不可少的，否则木头木脑，就会给大家丢脸了。所以装四星的人选更要持以慎重。除此而外，就要算是玩狮子的角儿最重要了，这是离不开武打的，非有一副精练的身手不能济事！这种狮子是羊皮的被单，纱布扎的头子，苎麻装的尾巴，一个人在前面打棍拳，两个人顶着狮被来舞玩。舞狮子壳手段的情节是扑地打滚和凌空跳桌，有的能跳过叠架着的九张高桌，这种功夫总算不是一天练成功的了！这是所谓纯武工的毛狮子，还有一种亮狮子，那是一个人用手顶着玩的，狮的身子是以篾麻绳缀拢来的，能曲能伸，能俯能仰，肚里边燃着蜡烛，皮面糊的油纸，所以亮朗朗的，以纯熟的手法舞起来确是另有一番趣味。谈到玩龙，就有日龙与夜龙之分了，夜龙是夜里玩的，所谓龙灯花鼓者就是指的这一种。这种龙是纱布的头尾，长至十三节或十七节，龙骨是篾做的，龙被是用三色或五色彩布缝成，每一节龙骨里边张上烛亮，在黑夜里看起来就成了一条活现火龙了！玩龙最得力而又必悬一点手段的要推耍龙珠与耍龙头的，龙珠照例是红洋绸蒙成的，在颈项间串上几个铁圈子，玩起来叮当当地响着，倒是别有风味。耍龙珠的要靠手法熟练，因为龙头是跟着珠子来的，所以耍龙珠的是处在领道和指挥的地位。耍头的最为吃力，因为龙头庞大，舞起来最容易藏风，所以需要一股能耐的蛮劲。这种夜龙玩起来怪有意思，满身通亮，盘旋转滚，如火如荼，玩到起劲处鼓乐与爆竹齐鸣，掌声与呐喊俱起，真是花灯中最繁盛闹热的一个节目了！

　　花鼓为龙灯中的主要项目，最低限度亦要一旦一丑的对

手。旦角为绛衣红裙,头梳盘龙髻,手持京八寸(扇子),腰系罗裙,手捻绸帕,粉白黛绿,婀娜窈窕,轻巧细碎的莲步,娉娉袅娜的姿势,加以婉转的歌喉、幽柔的曲调,在每一个主东的堂屋里演唱起来确是能够惊动一班青春年少的男女们的心弦的!那一种调子也怪合乎一般的人脾胃,悠远深长,哀感顽艳,娇声软语,动性撩情,所以一班怨女旷夫往往为着观灯看花鼓戏而弄成疯癫的!可见得他们的魔力伟大了。他们的调子也十分宏富,哪一类人家就唱哪一种调儿,比方望子的人家他们就投其所好地唱一套"十个月怀胎",有人出外的就来一阕"月月望郎"……总之,非打在你的心坎上不可。他们在每一次唱来都是由许多人合口,宏大雄壮,虽谈不到什么遏云绕梁,但确是音韵嘹朗,极为动听的。不管有心或是无心人听了,都要被他们感动,怡情悦耳的功劳是埋没不掉的!

再扩充一点,那就是另外招班来专演了,唱的无非是《周鱼婆打网》、《毛国忠打铁》,或是《湘子化斋》、《董永卖身》……那一套所谓的花鼓戏,但做来确是活灵活现,有声有色,能够抓住一般的青年男女的柔心的。也同样是每家来一出,不过比单纯的花鼓要繁琐一些,至少也得演上半时一刻,这样,为主东的就得备点心茶水,妥为招待,同时,酬答的包封也要来得重一点,至少也得送上一元半块。玩花灯为首的人专提蜡篮,主东送酬谢时,亦照例交在他的手上,干这玩意的至少也是乡村里的二等绅士,否则就不够资格也就领导不起来了。玩龙灯花鼓除掉两个人抬杠的阔锣大鼓外,最重要的是两套至三套小乐器,这种乐器是很繁杂调和的,合奏起来非常的铿锵有韵,计有扎鼓、小锣、铙、钹、胡琴、笛子、唢呐等八九件,要奏好这种乐器,起码也须费上一二年练习工夫,这种乐器在我乡湖南益阳最为流行,而且奏得很好,别的地方不是器具不全,就是人手不熟,好像都不如那般够味有趣!

一九三七年一七字于安庆

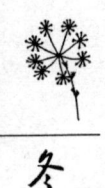

冬

云南冬天的树林

◎于坚

在冬天,云南的树一片苍绿。无论是叶子阔大的树,还是叶子尖细的树,抑或叶子修长的树,都是绿的,只是由于气温不同,所以绿色有深有浅,有轻有重。从云南群山的某一座山峰往下望去,只见一片葱茏,这时已是十二月底,一点冷落的迹象也没有,偶尔地有些红叶、黄叶从这里那里冒出来,使山林的调子显得更为暖和。一直到三月份,这无边无际的绿色也不落去,它直接在树上转为了春天的嫩绿。

在冬天的云南,要获得一种史蒂文森所谓"冬天的心境"很不容易,要见着"在冬天,乌鸦和雪"这类实况,得往北方走,越过许多绿色的峡谷和永不结冰的大河,一直到进入北纬二十五度的附近。云南的冬天没有通常诗歌所惯用的某些冬天意象,在这里,冬天这个时间概念所暗示的只是一种教科书上的文化,一个云南口音的罗曼蒂克小诗人幻觉中的小矮人和白雪公主;一个来自外省的漫游者所讲述的关于暴风雪和蓝胡子的传奇故事。在云南,冬天这个词和正在眼前的具体事物无关,它甚至和棉袄、围巾这些北方的抢手货无关。

然而,树叶同样会在云南死去。

树叶永远,每一个月份都在死去。在最喧嚣、最明亮、最生机勃勃的春天,你也会看到一两片叶子,几百片叶子,从某棵树上不祥地落下来,但你永远看不到它们全体死去,看不见它们作为集体,作为"树叶"这个词的死亡。常常是,它们在每一个季节都活着,在云南所有树木的树冠的附近,保持着绿色,像永远丧失了飞翔功能的鸟群。死,永远只是单个的,自觉自愿的选择。时间并不强迫树叶们在预定的时刻(冬天)一齐死去。每一片叶子的死亡,仅仅是这片叶子的死亡,它可以在任何季节、任何年代、任何钟点内,它并不指望自己的离去同时也是一整个季节的结束。因此,死亡本身是一次选择。连绵不断的死亡和连绵不断的生命在云南的每一个季节共存,死去的像存在的一样灿烂而令人印象深刻。这就是为什么在云南冬天的山中,忽然看到一簇色彩斑斓的红叶,人会感到触目惊心、热泪盈眶。

一片叶子的落下就是一次辉煌的事件。它忽然就离开了那绿色的属性,离开了它的"本质"。离开了树干上那无边无际的集体,选择了它自己内在的,从未裸露过的深红或者褐黑。它落下来,从本该为世界所仰视的地方,落到会被某种践踏所抹去的地方。它并不在乎这种处境的变化,它只是在风来的时候,或者雨中,或者随着一只鸟的沉浮,一匹兽的动静,在秋天或者夏天,在黎明或者正午,在它自己的时间内,这片树叶,忽然就从那绿色的大陆上腾飞而起,像一只金蝶。但它并不是金蝶,它只是一片离开了树和绿色的叶子,它并没有向花朵炫耀自身;进而索取花粉的愿望。它只是要往下去,不论那里是水还是泥土,是石头还是空地。一片叶子的落下自有它自己的落下。这不是一块石头或一只蜂鸟的落下,不是另一片叶子的落下。它从它的角度,经过风的厚处和薄处,越过空间的某几层,在阳光的粉末中,它并不一直向下,而是漂浮

冬

着,它在没有水的地方创造了漂浮这种动作,进入高处,又沉到低处,在进入大地之前,它有一阵绵延,那不是来自某种心情、某种伤心或依恋,而是它对自身的把握,一片叶子的死亡令人感动,如果这感动引起了惆怅或怜惜,那么此人就不懂得云南的树叶。他是用北方的心境来感受云南了。实际上,死亡并不存在,生命并不存在,存在的只是一片叶子,或者由"叶子"这个词所指示的那一事物,它脱离了树和天空的时间,进入了另一种时间。在那儿具有叶子这种外形的事物并不呈现为绿色,并不需要水分、阳光和鸟群。它是另一个时间中的另一种事物。

没有人知道这些树叶是何时掉下来的,世界上有无数关于树和森林的书,但没有一本描述过一片叶子的落下。在那些文字里,一片叶子只是一个名词和些许形容词的集合体,没有动词,每个人都看见过这些树叶,一片叶子的落下包含多少美丽的细节啊!然而永远不会有人听见一片树叶撞到风的时候的那一次响声,就像在深夜的大街上发生的车祸,没有目击者,永远没有。一切细节都被抹去,只被概括为两个字"落叶"。这些被叫作"落叶"的东西,看上去比栖居在树上的年代更为美丽悦目,没有生命支撑的花纹,凝固在干掉的底基上,有鱼的美,又有绘画的美;由于这些美来自不同时间内的单个的死亡,因而色彩驳杂、深浅不一,缺乏某种统一的调子,它们的丰富使"落叶"这个词显得无比空洞。"落叶"是什么?没有落叶,只有这一片褐红的或那一片褐黑的,一个诗人永远想不出用什么意象来区别、表现它们,这景象在文学史上像"落叶"这个词一样空白。

冬天,当整个世界都被北方那巨大的整体的死亡所笼罩:

当人们沉浸在对乌鸦、雪和西风的体验或回忆中。在云南,有几片叶子在十二月三十一日下午四点十分五十一秒落下。它们所往不同,一片在山冈的斜坡上,一片在豹子洞穴的边缘,有两片在树的根部,还有几片,踩着风梢过了红色沼泽。

在云南冬天的树林中,心情是一种归家的心情。生命和死亡,一个在树上,一个在树下,各有自己的位置。在树上的并不暗示某种攀登、仰视的冲动;在树下的并没有被抛弃的寂寞。在这美丽、伸手可触的林子中,唯一的愿望就是躺下。躺下了,在好日子,进入林子深处,在松树叶或者老桉树叶的大床上躺下,内心充满的不是孤独、反抗或期待(期待另一个季节),不是忍受,而是宁静、自在、沉思或倾听。

躺在那儿,仰望散漫在树干和叶子之间的光束和雾片;仰望在树叶中露出的斑斑蓝宝石天空,像处于一簇水草底下的虾,周围、上下全是树叶,生的和死的同样丰满,同样拥挤,同样辉煌。松开四肢,松开肺,松开心脏和血管,松开耳孔、鼻孔、毛孔,让树皮的气味、汁液和草浆的气味,马鹿和熊的气味,松鼠和蛇的气味灌进去,在没有声音的地方,倾听无以命名的声音。有什么在落叶上沙沙沙地走,没有脚踵地走,那"沙沙沙"也不是声音,不能模仿,不能复述,只能倾听。你最后连倾听也放弃了,你进入到那声音中,和那声音是一个内部,你像你身子下面那黑暗中的土层一样,和根,和根周围的土、水、昆虫在一起。你们并不意识到"在",只是在着,在那儿,冬天,山中的某处。

躺在那儿,望着蚕豆那么大的黑蜘蛛在你眼前一寸许的地方做网,比较着它的那些腿哪一条更长些。奇怪的虫,它怎么能支配那么多腿,它似乎永远想把这个世界网络起来,它们

把一切都当成鱼了。在没有任何依托的地方,沿着一根丝,爬过来,再爬回去;这绝对是一个攀缘绝壁的勇士的高难动作。那丝的一头来自一丛牛蒡花的刺毛上,另一头则搭在一棵榉树的树皮缝中,我的眼睛看不见它是如何把那根丝在树上打结的。世界上有些地方,看是无能为力的,想象也不能抵达。它们居然在无人能计算的时间内做出了一顶降落伞那样的东西,它像伞兵一样居于正中,并不落下,自足自在的昆虫,守着它那一份很小的天堂,一动不动。

躺在那儿,看一只并不知道有一双眼睛正在偷看它的鸟,这只鸟你从未见过,你或许在书上读过些鸟的名字,但你不知道它是那些名字中的哪一只。这并不妨碍你看这只鸟,从未有一只鸟在你生命那么近的地方待过。它就在你头上,一棵老橡树垂下来的枝上。伸手你就能捕捉到它,但你不会伸手,你被一个生命的自在所震慑。那是最无作为的自在。这是一只小姑娘似的鸟,它梳头,打开翅膀,跳跳,把头靠在羽毛上休息,它还听了听,一只小鸟听到的世界是怎样的世界?这个念头令人不快。但很快就过去了。看一只鸟怎样生活,毕竟胜过看一出舞剧或者话剧。这儿不需要鼓掌,不需要评论,没有判断的压力,不是对智力的考验。它要的,只是看。看它怎样一蹬树枝,腾飞而去;看它最终能飞多高;看它怎样再次从树叶中钻下来,看它再次回到那儿。这个活蹦乱跳的小生命,和那个被称为"鸟"的东西毫不相干。

躺在那儿,看看蚂蚁的生活场景。它的城市、街道、广场、工地和车站。看看这个共和国的社会秩序和社会风俗。如此广阔的世界,这些黑色公民只安居于他们那一碗水那么大的地盘,并且生活得如此紧张、如此勤奋,我永远看不见一只睡到十二点才起床的蚂蚁。我看见它们运送粮食，那是一项怎样伟大的工程。如果作为一个巨人在埃及的天空上看埃及人建金字塔，那情景也不过如此。没有什么其他的团结能比一群蚂蚁的团结更具有团结这个词所包含的全部意义。这些有着严密的组织和秩序的小生灵，在树林里到处可见，你不知道它们在忙些什么，那些小脑袋里都是些什么念头，你有时觉得自己的脑袋太大了，有那么多乱七八糟的顾虑、负担、杂感。但是一旦目睹了蚂蚁社会那些神圣的仪式，人会丧失思想的愿望，仿佛成了蚂蚁群中的一个，你开始爬行，虽然不动，但一种爬的快感占有着你的皮肤和神经，睁眼看看，发现你已被成千上万的蚂蚁作为拓展了的西部疆域，占领了。

躺在那儿，看光。看光怎样渐次向事物的西部移去，直到它们全被磨秃，最后剩下一些蓝色的绒毛，布满树干和天空。星子在云南树林之上的冬天里，地开始潮湿，不能躺了，站起来，顺明月底下的山林漫步，到处是童话般的小光。这包括萤火虫，和不同物体对月光的回应，一切事物的形都丧失了，只有光在不同的亮处、明处、晦处、暗处，不同的方位，把原来已被命名的事物打散，组合成一些圆的、方的、看上去像是一些新事物的轮廓。心中充满命名的兴奋和喜悦，把一群最坚硬的岩石叫作羊群，把一棵孤立的马尾松叫作堂·吉诃德先生，这不足为怪，这不是浪漫者的小名堂、小幻觉，因为是被光的变化欺骗了，这是令人愉快的错觉。有时候，光会沿着一棵长满苔毛的老树的脊背溜下，像一只金色绒毛的松鼠。而真正的松鼠却看不见，它们隐身于大群的黑暗中，混迹于一堆看上去像老虎的东西中。看已置于错觉的位置，听却仍然保持着对事物的区别。那是一只松鼠在咀嚼；那是一只猫头鹰在啼

叫;那是一只山鸡的嗓子;那是一头麂子的步子,但在最黑暗的林子里,听也会茫然不知所措。那个东西蹿过树林,它的边缘和大地上的其他事物摩擦、碰撞的声音是令人惊惧的,那种速度,那种力量,那种敏捷,那种无拘无束、无法无天,那生命比你更强大、更自在、更无所顾忌,你的听觉全被恐惧和自卑所占据。人的本能使你放过了某种真正的声音,你听错了,你听见的是你自己的顾虑重重、疑神疑鬼和一颗疲弱不堪的心在跳动。你现在露出了真相,这个被你描述、赞美了一天的树林,现在像一个陷阱,到处是隐伏着危险的洞穴。那时候才二十一点,你的离去使树林的真相永远被隐没。回头望望,那一片耸起在星夜中的黑暗的东西,是你无以言说的东西。

但它在着,不需要言说。它在那儿,云南十二月份的天空下。那时,世界的思想里充满了寒冷和雪。而它在那儿,在世界的念头之外、在明朗的高处,结实、茂盛、充满汁液。在那儿,阴暗的低处,干燥、单薄、灿烂而易碎。在那儿,云南的冬天,那山冈上的树林上。

冬之花季

◎郭枫

十二月了。

那个老冬天,不晓得跑向哪儿?让他裹着一身阴寒去流浪吧!我们喜欢阳光。

太阳,殷勤得很,每天挪着细碎的步子,走过山野,赶着老远的路,到我们的校园里,来散布古老的热情。

于是我们永远拥有:晶亮的蓝,豪华的金黄。

本来不想去迎接太阳的,今天。多清闲的星期日,应该偷个懒儿把时间丢进字纸篓里。但,一大清早,太阳的丝绒鞋,已软软地踩到我的眉睫上。

睁开眼,一个花季,又灿然展开。

不能说大理花的颜色太艳,也别嫌七里香的味儿太浓,每种花的性情,本来就不同的;就好像那种小朵的车矢菊,老爱孤零零地躲在篱边;而一丛丛的剑兰,却总踮起脚跟,从森然的叶子里,探露着头。

顶奇怪的是菊花。在南台湾,谁也不知道菊花该在哪个季节开放。

我们看菊花:看过了一个春天,看过了一个夏天,看过了一个秋天;当然,还会看整整的一个冬天。也罢,既然菊花开得不腻,开得那么五颜六色,我们便喜欢看,我们没有理由不

喜欢。

究竟是圣诞红的季节了。

在尤加利的绿丛后面,有圣诞红;在夹道的木麻黄前,有圣诞红;在大王椰子的旗影里夹竹桃的彩裙边,也有圣诞红!圣诞红,圣诞红,圣诞红以几亩的海洋,就泛滥成一个鲜艳的世界。

圣诞红太喧哗,玫瑰又似乎太幽静了些。玫瑰,曾经灿烂如云的玫瑰,在多刺的枝丫间,已浮动着寂寞的阴影了。可是,疏疏落落地,依然有几朵花,挺立在凉风里。

挺立着也亭立着。开得好美,开得好骄傲。

不会太孤独么?

不,还有许多玫瑰,极繁华地开放:在教室里,在阳台上,在小径、花荫、碧绿的草地上……

这里或那里,有许多玫瑰在开放,有许多黑裙在展开。许多圆圆的裙,展开。展开,许多圆圆的裙。圆圆的裙撑起许多洁白的玫瑰,撑起,一季丰富的春光。

轻语在草坪中间的那几朵,她们在谈些什么?谈梦、论美、说诗,还是传递什么快乐的消息?——恐怕这永远是一项小小的秘密——她们随风而招展着,多优美的姿势!而,风也招展着,在她们银铃也似的笑声里。

那两朵倚着老树的,为什么如此沉静?她们什么也不做,只是斜靠在树干上,悠悠然,向着天空出神。

天空有云,张着皎洁的白羽,自由自在地飘荡。天空辽阔,可以任性飞扬,真好。谁没有如云的遐想呢?云,乃是人们朵朵的心花啊!

走来了一位——一位从讲坛退休的不老松。皤皤的白发在太阳下闪着银光,步履,矫健而潇洒。真像一棵古树,虽然苍劲,却还有新芽茁长。在他红润的脸上,绽开的,仍然是一个新鲜的生命。

新鲜的生命,更辉煌地绽开在几张胖胖的小脸上。这几张小脸是谁家的?嫣红、鲜嫩、漂亮。想送点什么给这些小精灵。想送满怀的爱,想送一个祝福的亲吻。

不是捕蝶的季节呵,小精灵们来追逐什么?在这里,除了花朵,便只有阳光只有阳光只有阳光。看,阳光灼灼地跳跃呀跳跃在胖嘟嘟的小脸上。啊!这些小脸是新开的向日葵,需要的,是光明的乳汁。

向日葵们,永远随着太阳的方向转吧!
我的方向,永远随着爱情转。
爱的火焰不熄,生命的花朵永在。
十二月了。
西伯利亚的寒流,还在滋长,台湾海峡的风云也险恶多变,世界已进入寒冷的冬天。可是,在我们的校园里,百花盛开。

开在地上。开在天空。开在笑容里。开在心灵深处。
这是冬之花季。

一九五八、十二、在台南女中

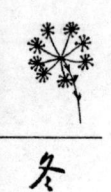

冬

冬景

◎林榕

粥厂

天还不太冷,粥厂已经开了锅。

雪花像霜霰,从低灰色的云里向下飘飘……在空中慢慢的融融……落在地上的是空虚的影子。一个早晨,地下的灰土都变得潮湿湿的了。

太阳没有出来,躲在东山背后,山脊上又罩着一片乌云。

有北风,然而并不大,也不太寒。

粥厂开在一条小胡同里高石阶的小门中。门前有一个人指挥,有时是警察,有时是办粥厂的人。

靠东墙是排好的男子,靠西墙是女人。都有一个很长的行列。衣服的形色不齐,粥碗的大小也不一样。但是都炫耀着自己拿在手里的领粥证。一冬得到打粥吃的人,已经是不易了。

从粥厂里走出打满粥的人:

"今年的小米坏极了,净是谷子!"

"多少钱一斤呢?杂合面都卖了两毛多。"

听了这话的人也就从嘴角泛起一丝微笑。

一个穿破衣服的孩子哭了:

"我的牌子呢?……妈?……"

那个管粥厂的人上前安慰他:

"好孩子,别着急。我给你找找。"

丢了领粥的纸牌,明天可就不能再打粥了啊。

从西边跑来一个也是年轻穿得很坏的孩子,向那管粥厂的手里递过一张纸:

"捡的!"

她急忙送到先前那个哭着的孩子手里,那孩子立刻变哭为笑了。

对捡得牌子的说:

"来!进来,我再给你添点粥。"

他很快地打开黑布包着的粥盆,还冒热气。很快地跟着进去了。

第三批第四批来了打粥的人。

"老太太你为什么不在救济院待着了?又跑到这儿打粥?"

管事人对一个刚来的老太太说,老太太只笑了笑就进了里面去。

"先生,怎么样上救济院呢?"

"你有孩子吗?——怀抱着的小孩。"

"没有。"

"那你就不能去。上救济院得领着小孩。到社会局习艺所去报名等着吧,不定多久才轮到你。"

"啊。"

将近中午,雪花飘得大了。粥厂快到关门的时候。几个

顽皮的孩子打了粥还在路上闹着玩。

"嘿！溜冰。"

一个大孩子指着一块围着席子的冰场说。里面有冰刀的摩擦声。

"来,这儿有一个窟窿。来看,里面……喝……"

"别闹了。这儿有一条冰,快来溜。"

于是,一群孩子放下手里的粥盆,跑到一条地上水流结成的冰上溜去。

粥盆上还冒着热气。

拉冰

这一群拉冰的工人,住在一起。早晨大家一块起身时是四点钟,月亮还亮着,街上的电灯惨白得怕人。

他们穿好衣服,向着结冰的地方走。一批人到冰上,另一批人到冰窖去,还有一批开始拉着冰走。

他们都有一双肥大的草鞋,短小不齐的厚衣服,手里面是一个小的铁冰锥子。

在冰上的拿着一只大钻子,分成一般大小的冰块,厚薄也是一样。打了冰的河里便见到一池清水了,有人把冰块拉上来,而拉冰的人就分别将绳子一头套在冰上,一头套进自己的臂膀上,就拉着向冰窖去了。

冰磨冰,轻快而又好听。

到临近冰窖时他们便需要走一段艰难的道路了。在上斜坡的时候,每个人都抓紧了绳子,如登山时抓紧的铁索链一般,不然就有溜下去的危险。

"用力啊!"

一个跟着一个把冰放在排好的窖里。

冰已经堆起高高的了。

"今天晌午这个窖就可以满了,弟兄们再用点力吧。装满了封上窖掌柜的可请吃'犒劳'呢。"

一个管理拉冰的人,披着一件反面的羊皮袍站在冰窖上说。

拉冰的人把冰放下以后就到他那里领一个小竹牌,那是他们工作的成绩。

"今天你拿了几个牌子?"

"七十三!"

"好,又有块十来钱了。"

一块冰是一个牌子,一个人在早晨能拉七十几块冰,一块的代价是一分二,前几天还是一分,现在已经涨了呢!

早晨六点钟,他们放下手吃早饭。

十一点以后,太阳渐渐起来了,这些工人慢慢停止了工作。

靠着冰窖的土坡旁来了卖老豆腐的,卖大饼子的,烧饼油条的,炸豆腐的。

拉冰的人就坐在地上端一碗热热的炸豆腐,就着大饼吃。

以后,他们领了今天的工钱。下午是没有工作的,于是又都回去睡了觉。

"明天早上第一个冰窖封土,后天开始第二个。"

春天还远得很,"七九河开,八九雁来",现在河冰三次又结得很厚了。这群靠严冬吃饭的人们,还可以活上些日子。

1940 年 2 月

冬

冬日青菜

◎顾村言

"青菜白盐粯子饭,瓦壶天水菊花茶。"

一直很喜欢板桥所撰这副对联,十四个字,六个名词,然而组合在一起却异常神妙,自己从中是可以轻易地嗅到故里老屋的气味的——甚至可以触着一个精神家园,此身此心皆为所安,所谓"咬得菜根,则百事可为"。

这对联所说的青菜可算园蔬中最平常之物,以至于我们那地方有时干脆就简称为"菜",比如,儿时母亲若对我说:"到园子里拔几棵菜吧。"这菜倘不特意说明,指的便是青菜。

既为平常之物,自然一年四季都有,青菜种类极繁,有大有小,有先有后,春夏间有小青菜、蔓菜(或曰鸡毛菜),秋日则有高脚汤菜(茎较高,白色,腌菜颇宜),而冬日出场的则是一种矮帮子青菜,家乡称之为"百合头"——出门在外的老乡,若提起家乡的"百合头"——尤其是霜打过的,鲜有不作神往之色的。

"百合头",外地似无此种说法,扬州、苏州一带的青菜有"扬州青"、"梅岭青"、"苏州青"等,上海也有"上海青",都吃过,味道都不错,然而感觉似不及"百合头"——不知是不是童年滋味的缘故。或者也未必,过年回故乡,母亲用"百合头"烧上一碗青菜汤,怎么吃都是好吃。青菜吃完了,一碗没有青菜的清汤都可以倒在碗里，再吃下一碗饭去。母亲于是笑着说，"鸡鸭鱼肉不吃，光泡菜汤怎么行？"我头埋在碗里，回一句："在外地吃不到啊！"

"百合头"得名大概还是缘其形近于百合之故，此菜菜帮极矮而肥，玉白中略有青色，一瓣瓣大大小小紧凑在一处，绝不分散叉开，是有点像百合的，菜叶自然是青翠色，半椭圆形，表面可以看到筋络，稍稍厚实，然而又不无泼俏，清爽如邻家新妇，温柔敦厚，处处拿得起，放得下，做什么都让人放心。

家乡有一种说法是"腊月里青菜赛羊肉"，说的也就是"百合头"。这种菜一定要打过霜才好吃，若在霜前吃，则有一种青帮气，略略浮躁；经霜以后，叶子有些软搭搭的，然而食之却燥气全无，细嫩软糯，且略有酥甜感。

"百合头"在我们那里一般都是烧汤，洗净，嚓嚓切几下即丢下锅，只需油盐两样，煸至菜帮有些瘪了，便放水，烧开后小焖片刻即可出锅，极其简单——母亲做这菜沿袭了外公的做法，还会略丢一些生姜米下去（生姜剁成米粒状）。小时偶然吃到生姜米，总是要吐出来，很不喜欢，然而现在却喜欢上这样的做法，觉得尤有余味；也有拌百叶丝或豆腐的，一定要家乡的老豆腐，玉白色的，一煮那么多孔，与青菜在一起，白是白，碧是碧，可真是"翡翠白玉汤"。

每到冬天，三天两头都吃这玩意儿，但从来也没见人吃厌过，反倒是人家办喜酒，连着几天大吃大喝，常常有人乘着醉意忍不住嚷着要来一碗青菜汤——彼时的青菜汤简直救命汤一般，所谓"三天不吃青，两眼冒金星"，怎么可以连着几天不吃青菜呢？

人家办喜酒时除了"百合头"烧汤，也可切去有叶的半边，

光留后半部菜帮子,细心地洗净(尤其是小菜帮里会有烂泥),然后在菜心中间划个十字,煮一下,出锅碧青中有些瓷白,很是温润——家乡称之为菜头,此菜头烧河蚌极佳,均煮至酥烂,鲜香异常,也有烧淡菜的,淡淡的海鲜味之外,别有一番清朗意味。

隆冬时节,青菜煮粥、青菜炒饭也往往让人多吃几碗。菜饭好些年不吃了,记得儿时吃菜饭往往拌以小块脂油,放几片香肠,青绿的饭上点几片红色,三下五下即可扒完一碗,吃完满嘴油汪汪的。

"扬州青"与"百合头"有些相似,唯不及"百合头"得平和之味,然而"扬州青"、"梅岭青"却成就了几味扬州名点,一是翡翠烧卖——用地产青菜取叶斩剁茸,再加猪油、火腿等调和而成,也真亏了清代那帮老饕能想出"翡翠"二字,这东西摆放在小蒸笼中有些像青石榴,温软又如碧玉,小小巧巧,面皮蒸熟后如水晶,馅心的嫩绿全透出来了,咬一下,碧浆香泛,咸甜适宜,毫不腻口,常常一个烧卖只一两口也就没了,几乎忘了吃的什么,直到尝第二个时才稍稍想起。

另一个是占肉垫青菜,占肉就是大肉丸子,即声名显赫异常的狮子头,是扬州"三头宴"中的一头,扬州狮子头上桌爱以青菜心伴之,红烧或是清炖均是如此,七八个狮子头在碗里排成一圈,中间点缀有碧绿的菜心,一点也不觉狮子头滞重,反而见其神韵与轻灵,食者筷子往往也最先奔向菜心。

这两样食品也许是可以代表扬州城市的形象的:唐诗里的扬州有些像狮子头伴菜心,繁华之外,清丽隐隐可触;而如今的扬州还是以"翡翠烧卖"喻之最为相宜,并不繁华,但俨然"小家碧玉",宜于平淡家居,所以也格外让人思念。

现在吃青菜,大概还是"上海青"为主,烧汤难酥,清炒居多,佐以香菇,青菜味道比家乡差些,但有菇之香顶着,所以觉得还能凑合。

小女喜吃里面的小小菜心,称之为"菜娃娃",吃过了偶尔高兴起来,还会稚声稚气地朗诵:

青菜青,绿盈盈;辣椒红,像灯笼。
妈妈煮饭我提水,爸爸种菜我捉虫。

——倒真想有个园子种些青菜,让她捉虫,再看看"菜娃娃"怎么长大,只是不可得。

冬

雪的滋味

◎刘墉

我爱雪,不仅由于雪的明朗,更为喜欢雪的神秘。

雪不像雨,它不曾点滴凄清、愁损离人;也不曾挟风掠阵、铁马冰河;更不会敲着窗棂、打着芭蕉、拍着梧桐;而是轻轻悄悄地,在你毫不知觉中,铺满整个的大地。

于是当你早上拉开窗帘,便有那一些银白,像另一方白色窗帘般地铺在眼前;昨天的记忆,倏地全成了往事,连那院角一直嫌它碍眼,却未能收拾的枯枝朽叶,也一下子变得莹洁可爱了。

无风的日子,大片的雪花,如同轻柔的鹅绒,每一片都带个小小的弧度,摇摇摆摆地,像是摇篮般地降临。小片的雪花,则仿佛乘滑翔翼下降的小精灵,任它们自己的喜好,各自穿梭飞舞着。在特别寒冷的日子,更有那细碎的粉雪,像是老天撒下一把把的面粉,如雾似烟地交织着。于是远处的景物因为遮断而模糊了;近处的景物却因雪的衬而清晰了;细如铅笔的小树枝,能积上二三厘米的粉雪;几个枝丫的交错处,能堆起一个大大的棉花糖;至于那垂直的树干,虽然留不住雪花,却因为雪的浸润,而由灰褐变成了深黑。对比着银白的大地,加上横枝覆雪高低的不同,真成了黄庭坚笔中用力、一波三折的"松风阁"。

有风的日子,雪更是诡谲多变。在由天空降临的过程中,它们能纠结成一团团、一絮絮、一缕缕,又突然在眼前崩裂、飞散。它们会扯下枝头最后一片黄叶,蓦地飞过十几米,贴上你的玻璃窗。然后再有那点点的雪花,一小片一小片地缀在四周。于是隔窗逆光望去,雪花和黄叶,便成为一幅晶晶亮亮,形象与抽象混合的图画了。

　　落在地上的雪,更是耐人寻味。初降的雪是松松绒绒的,仿佛棉花店里新弹过的棉絮。在晴朗的天气,阳光能直透到雪地的深处,并在那雪花的亮晶片间反射跳动。那蕴藉的白,好像羊脂玉般,正是"暧暧内含光"的一种。

　　至于在阴影处的雪就更是美了,它们能随着四周光影的变化,而改换为千万种色彩:晨光中带黄,正午带蓝,入夜则是淡紫的"鸢尾兰"的颜色。我最喜欢此刻进入屋后的森林,那是我在夏秋时不敢去的,因为怕带毒的藤蔓弄得满身红肿;至于冬天,尤其是在雪后,就毫无顾忌了,所有的景物都是那么清晰,甚至连林中有什么小动物在活动,都可以从雪上的脚印认出来。

　　小鸟落过的地方是一个个像四片竹叶般的小脚印;中鸟走过的地方是一个一个洞;至于那肥胖的白颈山雉,则留下很像松鼠的脚印,但是松鼠在雪上用双脚一齐跳,所以脚印成双;山雉是踏着步子,所以脚印总是一前一后,加上那长长的尾巴,拖下一条条的痕迹。当然林里还有野兔和浣熊,你往往可以跟着脚印,找到它们的住处。

　　只有到了冬天,你才会真正发现树林对鸟兽们的重要,平常树木们不但提供给它们最佳的掩护、供应它们各种果实,最要紧的是在冬天,那些朽木上的树洞,提供了它们赖以保命的

冬

庇护所。

　　大雪之后,我常在院子的中间摆上一盘谷子,那是从超级市场买回来的,掺杂了各种不同的种子。向日葵子给蓝玉,高粱给乌鸦,小麦给山雉,小米则属于麻雀和"大主教"(红鸟)。寻不到食物的鸟儿,一批又一批地到我的小餐厅进餐,各式脚印为盘子四周的雪地,布置成另一幅优美的图画。

　　我的母亲常在下午四点多,站在窗前看鸟争食,那是鸟儿最急于进餐的时刻,只要到五点钟,它们便瞬间不见了。

　　"真奇怪,它们到哪儿去了呢?好像每个小东西,都有自己的家!"

　　所以每次我进林子赏雪,都怕惊扰了这些小小的家庭,而绕着各种可能住鸟的大树走,不过它们还时常被我惊起,扑扑地振着翅,摇落满枝的积雪掉在我的四周;此刻不必抬头,从那皑皑雪地上,我可以很清楚地看见它们掠过的影子。

　　雪地上的影子,确实是最美的,尤其是树木瘦瘦的身影。平常地面为深色,影子落上去,也看不清,此刻则可以一览无遗;每一条影子,都随着地面的高低而转折,在太阳西斜的时刻,那影子是一条条无止境的淡紫色的缎带。

　　总是在我家的林后赏雪,今年冬天,重游日本的滑雪胜地"日光",住在中禅寺湖滨的旅馆,坐在室内,却对雪中的森林有了一种新的体验。那一日,有着朗朗的阳光,我坐在窗前看近处的湖和园子里的冰雕。虽然是在隆冬,射进窗子的阳光,却教人热得受不了。当我将椅子向后挪时,不经意地看见那右侧若屏而立的"男体山",一般人应该觉得很平凡的景象,却使我深深地迷惑了。我惊讶于那单调的寒林,竟然会现如此复杂的颜色:针叶树的黑、桦树类的白、蔷薇科的紫和杨树梢现出的淡黄,衬着林间斑驳的雪色,柔软得仿佛一个正在暮秋变色的雪兔。这不正是一幅川合玉堂染着焦黄与淡褐的"寒林图"吗?为什么我以前一直没有体验到呢?

原来我日常看寒林,不是进入林子,就是远远地平视,从来不曾有如男体山一般矗立若屏的雪林,使我能侧斜地由树梢望下去。到此我才知道,原来即使是在大部分叶子落尽的深冬,树林依然以它们的秃枝,展示不同的色彩;至于地面的白雪,则成了最好的画布。

雪不但来时阒无音响,走时也是悄然无声的。几乎从落雪的第一刻,大地就开始接受它的滋润,所以初落的雪花,多半一触地便融了,直到地表的温度冷到可以使雪花不化,后落的雪才开始堆积。尽管如此,大地毕竟是深厚的,过不了多久,由地底传上来的温度,就又会开始作用。所以如果雪下得不太厚,我们很快就会看见上面出现一个个小小的气孔,仿佛蚯蚓才钻过的样子,实际在那细孔的下面,雪已经开始松动了。

此外每一棵树、一枝草,也都是雪的催融者。当我在雪后探视园中的牡丹时,总发觉不必我把枝边的雪扒开,自然地,雪就与树干有一小段空隙,想必是牡丹本身的热力所造成。

至于积雪盈尺时,融雪就更有变化了。落雪之后如果出了太阳,雪的表面会结上薄薄一层冰壳,就是这层冰壳,为宿雪染上了另一种光彩;它是洁白的,但是洁白中带有一分冰的晶莹;它又是柔软的,但是柔软间夹着几分冷硬;踩在上面,仿佛吃包着巧克力皮的雪糕,先是清清脆脆一声咬破巧克力的声音,接下来又是那松松软软的冰淇淋。

这层神妙的冰膜,如果结得厚,就更妙了。当下面的雪逐

冬

渐被大地吸收,那冰壳还可能高高地撑着,像是一个吹出来的"糖泡"。光线从每个角度射入,都在那冰壳中引起一连串的变化,逆光看时,仿佛那雪也会发光了。

"光"真是宇宙间最大的能力,从雪就可以获得证明。北方的冬天,太阳总在斜斜的南方,所以屋子北侧的雪必然最后融,有时候那房檐的影子,能像是剪纸般地剪在雪地上;至于山林里就愈明显了,每一棵大树的北侧常堆着一片雪,背着光的山坡能直到孟春花开,仍然一片银白。白居易在《溪中早春》里所说的"南山雪未尽,阴岭留残白。西涧冰已消,春溜含新碧"就是最好的写照。

其实与"早春雪仍在"相反,我们也可以说"暮冬春已来"。我甚至发现在隆冬大雪缤纷的时候,春天的消息已经从地底传出。记得有一天雪后,我进入森林,不小心在山坡上摔了一跤。当我坐在地上把手从厚厚的雪堆里拔出来时,发现指甲间夹着鲜嫩的草芽色;翻开雪,下面是朽叶,而朽叶下居然有一大片冒着嫩芽的小草。它们紧紧地排列着,鲜嫩的黄绿色泛着油油的光泽,好像一群幼稚园里参加游艺表演的孩子,战战兢兢地等着出场。

"还是深冬,为什么草已经冒芽了呢?"思索良久,我终于想通了:原来那林中的朽叶就像是毛皮的大衣一般,给它们最佳的保护。至于覆盖其上的白雪,不但不冻,甚至能成为避寒的遮障,一方面缓缓地渗进朽叶,把其中的养料,分给大地。在同样的时间,作两种功德,雪岂不是上天最佳的赐予吗? 雪就是这么神秘,它从阴霾的天空落下,带来的却是莹洁;它由平凡的云气变成,织出的却是巧雕。它是冰的组合,但是没有冰的硬;它是水的同类,但没有水的湿。它能斜斜地飘进廊角,也能挂上高高的树梢。它的降临,常带来惊喜;它的消逝,总留下余情。最重要的是:它虽然有着翩翩的风采,但绝不喧哗;它虽然有功于大地,却悄悄地隐退。

然则,雪,何尝不具有一份伟大的人格与胸怀。

冬天

◎朱自清

说起冬天,忽然想到豆腐。是一"小洋锅"(铝锅)白煮豆腐,热腾腾的。水滚着,像好些鱼眼睛,一小块一小块豆腐养在里面,嫩而滑,仿佛反穿的白狐大衣。锅在"洋炉子"(煤油不打气炉)上,和炉子都熏得乌黑乌黑,越显出豆腐的白。这是晚上,屋子老了,虽点着"洋灯",也还是阴暗。围着桌子坐的是父亲跟我们哥儿三个。"洋炉子"太高了,父亲得常常站起来,微微地仰着脸,觑着眼睛,从氤氲的热气里伸进筷子,夹起豆腐,一一地放在我们的酱油碟里。我们有时也自己动手,但炉子实在太高了,总还是坐享其成的多。这并不是吃饭,只是玩儿。父亲说晚上冷,吃了大家暖和些。我们都喜欢这种白水豆腐;一上桌就眼巴巴望着那锅,等着那热气,等着热气里从父亲筷子上掉下来的豆腐。

又是冬天,记得是阴历十一月十六晚上,跟S君P君在西湖里坐小划子。S君刚到杭州教书,事先来信说:"我们要游西湖,不管他是冬天。"那晚月色真好,现在想起来还像照在身上。本来前一晚是"月当头";也许十一月的月亮真有些特别吧。那时九点多了,湖上似乎只有我们一只划子。有点风,月光照着软软的水波;当间那一溜儿反光,像新砑的银子。湖上的山只剩了淡淡的影子。山下偶尔有一两星灯火。S君口占

两句诗道:"数星灯火认渔村,淡墨轻描远黛痕。"我们都不大说话,只有均匀的桨声。我渐渐地快睡着了。P君"喂"了一下,才抬起眼皮,看见他在微笑。船夫问要不要上净寺去;是阿弥陀佛生日,那边蛮热闹的。到了寺里,殿上灯烛辉煌,满是佛婆念佛的声音,好像醒了一场梦。这已是十多年前的事了,S君还常常通着信,P君听说转变了好几次,前年是在一个特税局里收特税了,以后便没有消息。

在台州过了一个冬天,一家四口子。台州是个山城,可以说在一个大谷里。只有一条二里长的大街。别的路上白天简直不大见人;晚上一片漆黑。偶尔人家窗户里透出一点灯光,还有走路的拿着的火把;但那是少极了。我们住在山脚下。有的是山上松林里的风声,跟天上一只两只的鸟影。夏末到那里,春初便走,却好像老在过着冬天似的;可是即便真冬天也并不冷。我们住在楼上,书房临着大路;路上有人说话,可以清清楚楚地听见。但因为走路的人太少了,间或有点说话的声音,听起来还只当远风送来的,想不到就在窗外。我们是外路人,除上学校去之外,常只在家里坐着。妻也惯了那寂寞,只和我们爷儿们守着。外边虽老是冬天,家里却老是春天。有一回我上街去,回来的时候,楼下厨房的大方窗开着,并排地挨着她们母子三个;三张脸都带着天真微笑地向着我。似乎台州空空的,只有我们四人;天地空空的,也只有我们四人。那时是民国十年,妻刚从家里出来,满自在。现在她死了快四年了,我却还老记着她那微笑的影子。

无论怎么冷,大风大雪,想到这些,我心上总是温暖的。

雨雪时候的星辰

◎冰心

寒暑表降到冰点下十八度的时候,我们也是在廊下睡觉。每夜最熟识的就是天上的星辰了。也不过只是点点闪烁的光明,而相看惯了,偶然不见,也有些想望与无聊。

连夜雨雪,一点星光都看不见。荷和我拥衾对坐,在廊子的两角,遥遥谈话。

荷指着说:"你看维纳斯(Venus)升起来了!"我抬头望时,却是山路转折处的路灯。我怡然一笑,也指着对山的一星灯火说:"那边是丘比特(Jupiter)呢!"

愈指愈多。松林中射来零乱的风灯,都成了满天星宿。真的,雪花隙里,看不出天空和森林的界限,将繁灯当作繁星,简直是抵得过。

一念至诚的将假作真,灯光似乎都从地上飘起。这幻成的星光,都不移动,不必半夜梦醒时,再去追寻它们的位置。

于是雨雪寂寞之夜,也有了慰安了!

冬

初冬浴日漫感

◎丰子恺

离开故居一两个月,一旦归来,坐到南窗下的书桌旁时第一感到异样的,是小半书桌的太阳光。原来夏已去,秋正尽,初冬方到。窗外的太阳已随分南倾了。

把椅子靠在窗缘上,背着窗坐了看书,太阳光笼罩了我的上半身。它非但不像一两月前地使我讨厌,反使我觉得暖烘烘地快适。这一切生命之母的太阳似乎正在把一种祛病延年,起死回生的乳汁,通过了他的光线而流注到我的体中来。

我掩卷冥想:我吃惊于自己的感觉,为什么忽然这样变了?前日之所恶变成了今日之所欢;前日之所弃变成了今日之所求;前日之仇变成了今日之恩。张眼望见了弃置在高阁上的扇子,又吃一惊。前日之所欢变成了今日之所恶;前日之所求变成了今日之所弃;前日之恩变成了今日之仇。

忽又自笑:"夏日可畏,冬日可爱",以及"团扇弃捐",乃古之名言,夫人皆知,又何足吃惊?于是我的理智屈服了。但是我的感觉仍不屈服,觉得当此炎凉递变的交代期上,自有一种异样的感觉,足以使我吃惊。这仿佛是太阳已经落山而天还没有全黑的傍晚时光:我们还可以感到昼,同时已可以感到夜。又好比一脚已跨上船而一脚尚在岸上的登舟时光:我们还可以感到陆,同时已可以感到水。我们在夜里固皆知道有昼,在船上固皆知道有陆,但只是"知道"而已,不是"实感"。我久被初冬的日光笼罩在南窗下,身上发出汗来,渐渐润湿了衬衣。当此之时,浴日的"实感"与挥扇的"实感"在我身中混成一气,这不是可吃惊的经验吗?

于是我索性抛书,躺在墙角的藤椅里,用了这种混成的实感而环视室中,觉得有许多东西大变了相。有的东西变好了:像这个房间,在夏天常嫌其太小,洞开了一切窗门,还不够,几乎想拆去墙壁才好。但现在忽然大起来,大得很!不久将要用屏帏把它隔小来了。又如案上这把热水壶,以前曾被茶缸驱逐到碗橱的角里,现在又像纪念碑似的矗立在眼前了。棉被从前在伏日里晒的时候,大家讨嫌它既笨且厚;现在铺在床里,忽然使人悦目,样子也薄起来了。沙发椅子曾经想卖掉,现在幸而没有人买去。从前曾经想替黑猫脱下皮袍子,现在却羡慕它了。反之,有的东西变坏了:像风,从前人遇到了它都称"快哉"!欢迎它进来。现在渐渐拒绝它,不久要像防贼一样严防它入室了。又如竹榻,以前曾为众人所宝,极一时之荣。现在已无人问津,形容枯槁,毫无生气了。壁上一张汽水广告画。角上画着一大瓶汽水,和一只泛溢着白泡沫的玻璃杯,下面画着海水浴图。以前望见汽水图口角生津,看了海水浴图恨不得自己做了画中人,现在这幅画几乎使人打寒噤了。裸体的洋囡囡跌坐在窗口的小书架上,以前觉得它太写意,现在看它可怜起来。希腊古代名雕的石膏模型Venus(维纳斯)立像,把裙子褪在大腿边,高高地独立在凌空的花盆架上。我在夏天看见她的脸孔是带笑的,这几天望去忽觉其容有蹙,好像在悲叹她自己失却了两只手臂,无法拉起裙子来御寒。

其实,物何尝变相了,是我自己的感觉变叛了。感觉何以

能变叛？是自然教它的。自然的命令何其严重：夏天不由你不爱风，冬天不由你不爱日。自然的命令又何其滑稽：在夏天定要你赞颂冬天所诅咒的，在冬天定要你诅咒夏天所赞颂的！

人生也有冬夏。童年如夏，成年如冬；或少壮如夏，老大如冬。在人生的冬夏，自然也常教人的感觉变叛，其命令也有这般严重，又这般滑稽。

廿四(1935)年双十节晚于石门湾

雪

◎靳以

"……还是腊月天,桃花却已开了,乍看到那一丛丛深红浅红,还以为是另一种冬日的花树,待走近了,果真是伴着春天的艳桃。其实燠热的天时也告诉我那真的是春天了,溪水涨着,河边的垂柳柔软地挂着,被暖风吹得打皱的水面——可是人们还正在忙碌着过旧历的新年呢!

"汗淌下来了,早临的季候使人们有点失措,中午的时分,太阳高高地挂着,简直有初夏的那份炙热,'唉唉,真是到了夏天可怎么办呵'!像这样想着的怕不只我一个人。

"一切都不必忧虑,陡地起了一夜寒风,把我们住的那座小楼好像丢到海里一般,门窗开了,四壁和屋顶都簌簌地响着,整个的楼都在抖着。惊惶地起来,不知怎么样才好,星月早被乌云兜盖住了,四围也没有一点火光。我们真像孤独的航船,遇到恶劣的气候,知道危险包着我们,可是我们无能为力。林间的宿鸟惊鸣,山中的野物慌奔,凄惨的啼叫增重我们的恐惧;可是我们只得坐在那里,先还警戒地张望着,过后倦意压到身上来,便又自然而然地倒在床上,任凭那风声雨声,化成了梦中的滔天白浪:仿佛到了极寒冷的极圈,波浪都是凝固透明的,当着它们相碰的时节,便清脆地响着,散了满目的灿烂冰花……

"原来天已亮了,一阵风又吹开床头的窗,不曾盖严密的

冬

棉被里溜进去一股寒风,天是真的冷起来了,我仓卒地关好门窗,又钻进温暖的被里,懵懂懂地过了一刻,再张开眼,使我更留恋地不肯起身了,可是我要起来,猛地一下我就跳入了冰凉的大气里,冷确是冷的,可是我并不为它吓倒。

"'这才像冬天,'我的心里总是这么想着,于是那冷落了许久的小泥炉,又烧起熊熊的红炭,我不想出去,为我厌烦的是那无休无止的冷雨。顺着风势,斜吹横打,就是张了伞也要弄得遍身湿淋淋的,在遥远的北方,雨和冬天原是有着极遥远的距离。

"可是什么落在我的屋瓦上细碎地响着呢?什么像是轻飘飘地落在大地上发出微细的声音呢?我放下给你写信的笔,站起身来,推开迎面的窗——呀,一片白色已经罩上对溪的屋脊上了,在我的视野里那白色的片絮兀自纷乱地坠着,那不是迷蒙宇宙的雾,那不是凋零万物的霜,那是雪,是雪!——"

我简直高兴地叫出来了,我不再伏案疾书,我站起来,深深地吸着那清冷的空气,顿时感觉到非常畅快。我贪婪地望着它,它从那灰蒙蒙的天空一直落到地面沾水的地方立刻溶解了,高处却增厚了白色。它对我是熟稔的,可是我们已经阔别了几年,谁知道是哪一点因缘我们会在这温暖的南方相遇。我妄想掬一把,伸出我的手去,可是立刻它就不存在了,只是点点的水,沁入肌肤。于是我大踏步地走出去,让它自由自在地堆积在我的发上和肩上吧,我恨不得要雪片飞入我的心胸,使它溶去或是净化我那被忧烦与愤懑所腐蚀的心。让我回到往昔的日子里吧,人们那么和善相爱地活着,一面抵挡着作乱的魔鬼,一面反抗那云雾间的大神。

突地我想起来了,我不能徘徊终日,我该在泥雪中跋涉我的旅程。于是我加了一件寒衣,真的走在路上了。路可是泥泞的,它已经失去了平日的光滑,细石和黄泥搅在一起,它吸住我每一步向前的脚,笨重的衣履又压住我的身子,才自走了短短的一节,额间的汗就涔涔地渗出来了。我也感觉到一点疲惫,我不得不停下脚步喘一口气,拭去要淌下来的汗水。我抬头一望,戴雪的高山好像慈和地热望着我,飘飞的雪花在引着我,不可见的路在我的眼前展开了,我怎么应该停下来呢?纵然路是艰苦的,我也要向前。于是我紧了紧鞋,脱下一件外衣放在肩头,我又努力走向前去了。

那封写给友人的信,是当我走到山城的那一个夜晚继续写下去的:

……我很困倦了,可是我也很高兴,毕竟我还是到了我要到的地方。雪送了我一程,泥泞滑了我一路,可是我并没有跌倒,也不觉得灰颓。当我走在城中的石板路上,我的心都笑起来了。我的鞋上全是泥,我的裤脚也玷污了,也许那些城里人会笑着我这个赶路客,可是他们不知道我走过这样的一段路。今天我停歇下来了,明天自有明天的旅途等待我。我不惧怕,我想我能如愿,我相信我自己,我想你也相信我的……

我就这样结束了写给友人的短简,我的心全被愉快充满了。当我放下笔,又推开窗,积雪的冷辉照亮了天地,不断地飘着的雪把黑夜也冲淡了。我是那么高兴,竟自呆了般地凝望着无声地落下的雪花——不,它是有声的,可是它不会惊醒任何一个睡着的生物。

1942 年冬

冬

冬天的情调

◎钱歌川

柳叶欲枯,还有长条在风中摇曳;菊花残了,犹剩几枝抗傲着严霜,秋天老去,如果有着晴和的天气,即算日历上告诉我们已经到了立冬,我们绝不相信今年冬天到了。直到一个礼拜天的早晨,我坐在客厅中翻阅当日的报纸,忽觉得一片片的冷风钻到我的颈项中来,我疑心是北窗没有关好,举目环顾一下,室中所有的门窗都紧闭着。这才怪啦,风从什么地方来的呢?在夏天的时候,我们把所有的门窗都打开,还邀不到一丝风进来,现在四围都关好,倒有风了。我只是寻着风所自来方向去看,原来是从窗户的隙缝中进来的。那隙缝窄小得透不过光,但冷风却仍旧可以长驱直入,直吹到坐在离窗口七八尺远的我的颈项中来。这时我才相信确是冬天到了。走出庭前去看,两株天竺子果然由墨绿变得鲜血一般的红,一点点洒在灰暗的绿叶上,预备去应冬至的节景,好在人前骄傲一回。

人们总是不肯爱惜自己现在的处境,做学生的,羡慕人家在社会上办事;等到自己出了学校入社会任职时,又羡慕无牵无挂的学生。到了夏天,说他宁喜欢冬天;到了冬天,又觉得还是夏天好。其实无论什么事,绝不能尽善尽美,有好处当然也有坏处。我们如果隐恶扬善,只看它的好处而不看它的坏处,那么,居之自安,而凡事都能得到其中的乐趣了。

现在又是冬天了,所以我要对你说,我爱冬天。无论它的寒风怎样刺骨,它的阴霾怎样闷人,无论它的白日怎样短促,无论它的暗夜怎样凄凉,我仍旧爱它,我爱它就是因为现在我在它的怀抱里。

冬天早眠的滋味,是可意会而不可言传的。夏天的午睡,如果是在清风徐来的绿杨堤畔,树梢有断续的蝉声在唱着歌,脚底有潺湲的流水在奏着乐,心中无半点挂虑闲愁,身畔有凉床一架,蒲扇一把,再携一卷靖节的诗,低吟到不知不觉之中一枕睡去,个中滋味,可想而知。冬天的早眠,情形当然和这不同,但此中之乐也就不减于夏天的午睡。试想从一个漫漫的长夜中睡了醒来,便有唧啾的小雀在屋檐前窃窃私语——你就说它是轻弹的琵琶,或是曼陀林的小曲吧!在若有若无之中送入你的耳鼓。太阳光从窗帘缝中窥进来,使你不敢把眼睛睁开来回看它,偶然眯着眼望一望,你至多只能看见窗玻璃上凝聚着的一层水蒸气,隔断了窗外的世界,使你只好重新闭上眼睛,而想起夏天早晨所见的花草上的那一层薄薄的露水。或甚至疑心自己乘着陆放翁的烟艇在雾锁的湖上荡漾,于是乎一幕幕的良辰美景便在眼前展开着,你可以嗅到水中新莲的清香,看到各种野花争妍斗艳的颜色,乃至起伏的朝云,隐现的山峰,小舟荡来惊起了戏水的群凫,一齐飞去,没入烟波深处;直到太阳驱散了晨雾,把眼前的湖光山色毕现出来的时候,你朝南的卧室中已被阳光占满了。这时便再不能做那些白日之梦了,只好细细地来咀嚼透尝早眠的滋味,温暖的被褥好像青春一般地令人留恋,你当然不能再睡去,你也不想再睡去,怕的是无意识地度过这青春,你只愿睁开眼睛躺在床上,看看窗上的朝阳,或是壁头的字画,或望着白白的天花板,

冬

或甚至什么都不望,只把眼睛向着空间,来回想着昨日所经过的趣事,以及今天所想做的事情。你如果是文人的话,这时便要为你的文章作腹稿,怎样开头,怎样起伏,怎样结末,从头到尾都想好,只等起身动笔。

事情想过了,便不妨再闭上眼睛静静地睡一忽,这时便如从幻想回到现实来了一样,再度地体验着被褥的温暖,这时候的感觉我不大能够说得出来,好在这种经验是人人都有的,也用不着我说。不过有一点得说明,同在早眠中闭上眼睛(当然不是指睡着了而言)与睁开眼睛,是大有分别的。你和情人接吻,若是睁开眼睛环顾着四周,即是说提防着要被人看见,你的注意力自然不能集中,一定不能充分地尝到接吻的味道;要知道吻的真味,接吻时非闭着眼睛不可。贪着早眠的人也正和这一样,他明明没有睡着,但他也总是闭着眼睛的。视觉和触觉,不能相生而反时常相杀,这儿也可以得到一个证明。

冬天的太阳是人人都感着极可爱的。礼拜天的上午吃过早饭大家坐在太阳中闲话,或是找点极不重要的事情做做,或是弄点小小的点心吃吃,忙里偷闲,格外有趣。

你要是住在乡下的话,这时便可走出到町畦上去,看长天中飘忽的白云,田地上傲霜的野草,而透明的空气正招待着一个透明的心怀,枯叶无声地落到你的脚边,你才感到果然有一片微风掠过你的面颊。银杏经霜而变得金黄的叶子,远远望去就像一树黄金在太阳光中闪耀,谁说冬天的原野是空虚的呢?

广东、福建一带的人偶然跑到北方或长江一带来,遇到下大雪的天气,他们是要觉得非常可惊喜的,他们平生第一次看到雪,无怪其惊异,就是我们从小就住在降雪地带的人,每逢大雪,也要感到很大的趣味。有时早晨起来朝窗外一望,一切全埋在白雪之下,仿佛把人们所有的污秽都掩盖了。我常爱在大雪天出去踏雪,满以为留下了一些足迹在地上,等到你回头看去早已莫辨来时路了。茫茫天地间,小小的人迹,是随时可以埋没的。我们若能大步踏去,倒也能得到一种飘然之感。四围的树木和房屋都立着不动,凝视着雪花的飞舞,而我们竟能置身其中,合着那种无声的旋律,一块儿来舞,你想这是多么有趣的一回事啊。

大雪天日中到外面去看过一回雪景,回家来扫清身上的积雪,吃过晚饭,关起门从容地来读禁书,这是金圣叹所赞美的人生一乐。我们从明末以来正有的是这样的奇书,也许你并不难谋得一两本留到雪夜闭门来读,那时你对于禁书的价值一定更要理解,而对于冬天的趣味,一定更要爱好了。

春天像一个穿红着绿的乡下姑娘,实有点俗不堪耐;夏天像一个臭汗涣发的粗野武夫,令人不敢向迩;秋天像一个风韵犹存的半老徐娘,虽然也有几分爱娇可喜,但仍不及冬儿姑娘的庄严肃穆,态度娴雅,她没有一点轻浮的颜色,而富有坚强的意志。她能吃苦耐劳,仿佛浑金璞玉一般,有才不露,使人莫明其宝。

你试想孤舟蓑笠翁,独钓寒江雪,不是一幅最美的冬天的图画吗?

再试想晚来天欲雪,能饮一杯无? 不是一种最美的冬天的诗境吗?

这些诗情画意,都传出了冬天一部分的真面目来,但这绝不是全部,你要知道冬天的乐趣,除了前述的一些零星体验而外,绝不可忘了冬夜的围炉。那是冬天最后的乐园,无论贤愚

贫富，都莫不以此为归。我们为衣食在外奔波了一天，饱尝风霜的凌虐和工作的逐追，黄昏时抱着一颗冻馁的心回到家来，唯一的希望就是妻儿的慰藉。试想这时与家人围坐在一盆熊熊的炉火旁，乐叙天伦，温情可掬，不仅烤热我们的身子，同时也温和了我们的内心，白天的疲劳，好像成了别人的事，屋外的寒风也就失了它的威胁了。

　　一炉火，一壶茶，便可以使我们精诚团结，夜深不散。即算那最有传染性的呵欠，一再地来催我们，谁也不肯首先离去。深刻的冬天所给我们的指示，也许要算这个为最有意义的了。现在正是冬天，外面风刀霜剑，我们大家和乐地团结起来吧。

又是冬天

◎萧红

窗前的大雪白绒一般,没有停地在落,整天没有停。我去年受冻的脚完全好起来,可是今年没有冻,壁炉着得呼呼发响,时时起着木桦的小炸音,玻璃窗简直就没被冰霜蔽住,桦子不像去年摆在窗前,那是装满了桦子房的。

我们决定非回国不可,每次到书店去,一本杂志也没有,至于别的书那还是三年前摆在玻璃窗里褪了色的旧书。

非走不可,非走不可。

遇到朋友们我们就问:

"海上几月里浪小?海船是怎样晕法……?"因为我们都没航过海,海船那样大,在图画上看见也是害怕,所以一经过"万国车票公司"的窗前必须要停住许多时候,要看窗子里立着的大图画,我们计算着这海船有多么高啊!都说海上无风三尺浪,我在玻璃上就用手去量,看海船有海浪的几倍高?结果那太差远了!海船的高度等于海浪的二十倍。我说海船六丈高。

"哪有六丈?"郎华反对我,他又量量:"哼!可不是吗!差不多……海浪三尺,船高是二十三尺。"

也有时因为我反复着说:"有那么高吗?没有吧!也许有!"

郎华听了就生起气了,因为海船的事差不多在街上就吵架……

可是朋友们不知道我们要走,有一天我们在胖朋友家里举起酒杯的时候,嘴里吃着烧鸡的时候,郎华要说,我不叫他说,可是到底说了。

"走了好!我看你早就该走!"以前胖朋友常这样说:"郎华,你走吧!我给你们对付点路费。我天天在××科里边听着问案子,皮鞭子打得那个响!嗳!走吧!我想要是我的朋友也弄去……那声音可怎么听?我一看到那行人我就想到你……"

老秦来了,他是穿一件崭新的外套,看起来帽子也是新的,不过没有问他,他自己先说:

"你们看我穿新外套了吧?非去上海不可,忙着做了两件衣裳,好去进当铺,卖破烂新的也值几个钱……"

听了这话我们很高兴,想不说也不可能:"我们也走,非走不可,在这个地方等着活剥皮吗?"郎华说完了就笑了:"你什么时候走?"

"那么你们呢?"

"我们没有一定。"

"走就五六月走,海上浪小……"

"那么我们一同走吧!"

老秦并不认为我们是真话,大家随便说了不少关于走的事情,怎样走法呢?怕路上检查,怕路上盘问,到上海什么朋友也没有,又没有钱。说得高兴起来,逼真了!带着幻想了!老秦是到过上海的,他说四马路怎样怎样!他说上海的穷是怎样的穷法……

他走了以后,雪还没有停,我把火炉又放进一块木柈去,又到烧晚饭的时间了!我想一想去年,想一想今年,看一看自己的手骨节胀大了一点,个子还是这么高,还是这么瘦……

这房子我看得太熟了,至于墙上或是棚顶有几个多余的钉子我都知道,郎华呢?没有瘦胖,他是照旧,从我认识他那时候起,他就是那样,颧骨很高,眼睛小,嘴大,鼻子是一条柱。

"我们吃什么饭呢?吃面或是饭?"

居然我们有米有面了,这和去年不同,忽然那些回想牵住了我——借到两角钱或一角钱……空手他跑回来……抱着新棉袍去进当铺。

我想到我冻伤的脚,下意识地看了一下脚,于是又想到柈子。那样多的柈子,烧吧!我就又去搬了木柈进来。

"关上门啊!冷啊!"郎华嚷着。

他仍把两手插在裤袋在地上打转;一说到关于走,他就不住地打转,转起半点钟来也是常常的事。

秋天我们已经装起电灯了。我在灯下抄自己的稿子,郎华又跑出去,他是跑出去玩,这可和去年不同,今年他不到外面当家庭教师了。

冬

冬天

◎南星

　　冬天是安静的。当我抬起头望着窗外,看见天空与树枝的时候,我就要中止我的谈话,如若这屋里有一个客人;或者闭起我的书,无论它是不是一本紧握住我的心思的。天空仿佛永远是灰色的,纯净,普遍。树枝稀疏地排列着,有的负着几片变了色的叶子,它们与天空完全调和,互相依傍着,酣然欲睡的样子,其间流溢出一种愉快的沉默。凡过冬天的日子的,都应当有冬天的性格。你不安静的人,无论住在什么地方的,看一看窗外罢,看那树枝与天空罢。

　　我曾在几个地方遇到冬天,冬天的神情总是一样的。它安然地徐步而来,不隐藏也不张扬地站在我的窗外。我认识它。我对它比对一切别的东西更熟习,我们的交谊深挚,长久。那浮着碎云的天空,与凄凉地负着黄叶的树枝,都有冬的安静与柔和,洗掉它们污浊的颜色,脱去不整齐的衣服。冬天的沉默是可赞美的,不是完全地没有声音,而是那声音绝不刺痛你的耳。暴风稍有来到的时候,那些喧噪的夏与秋的歌者都隐匿了,我甚至回忆不出它们的调子。从早晨到晚上,必须经过很长的一段时间,才听见一个小贩的长呼,一声麻雀的啾叫。它们都是轻细而且隐约的,像在远处。另外是烟或水气冲入天空的声音,它们需要深切的听觉上的注意。

　　但这一个冬季有过一个异样的日子,仿佛故意地给我一次惊吓或试探,在我们初见的时候。就在前一天,那个早晨,我带着温暖的愉快开了屋门,看见地面变得阴湿了,天在落雨。我退回来,找出我的伞,带着一种新奇的心情把它展开,然后走进院里,听着伞的声音,几乎以为另是一个季节了。当我走在街路上的时候,雨点变做雪团,而且渐渐地转了方向,正对着我的身子(后来我发现前面的衣襟都湿透了,除了最上身的一部分)。雪团接触到地面便消融了,泥水积增在整个的道路上。阴湿的感觉那时候我不很留意,我只惧怕着袭来的寒冷。风吹起来,我却喜欢它是没有声音的。我的手似乎僵硬了,几乎失去了举伞的力量。让我更其惊讶的是河沿上已积满了叶子,湿透了,毫不动转地偃伏着,那一片片暗黄的颜色把河沿装饰成一个生疏的地方。那一天以前,我看见河沿上还很干净,柳叶与槐叶在枝上留着。我思索着,我怀疑一早的雨雪有这么大的力量。寒冷又加重了,仍然攻击着我的手。前面,同样的,落叶夹着泥水,那一条道路变得意外地长,对面的房屋,模糊,遥远。我听见雪打在伞上,簌簌地响,声音中混杂着沉闷与忧伤的调子。没有另外的行人,道路更显得荒凉了。我觉得自己是一个旅客。我热切地四顾,愿意发现一个小店,我就可以走进去停息一会,紧紧地闭上门。但不久我到了真实的所要去的地方,进了屋,隔窗向远方望去,有一列密集的山峰,大部被雪盖住了,那儿的寒冷直临到我的心上。

　　想来是很足以安心的,这异样的日子已经过去了。当我从床上醒来在温暖的炉边缓步的时候,那些记忆便疏淡起来,

像不是我所经历过的。窗外的树枝、天空,仍然是柔和的,而且有可喜的阳光守护着它们。想到这只是冬天的开始,后面还有许多它的日子,心里即刻愉快了,于是开了门,预备到院里去。

1934 年 8 月

过年

◎苏青

过年了,王妈特别起劲。她的手背又红又肿,有些地方冻疮已溃烂了,热血淋漓,可是她还咬紧牙齿洗被单哩,揩窗子哩,忙得不亦乐乎。我说:"大冷天气,忙碌作啥?"她笑笑回答:"过年啦,总得收拾收拾。"

我的心头像给她戳了一针般,刺痛得难受。过年,我也晓得要过年啦,然而,今年的过年于我有什么意思?孤零零一个人住在这冷冷清清的房间里,没有母亲,没有孩子,没有丈夫。

我说:"王妈,我今年不过年了,你自己回去几天,同家人们团聚团聚吧!"

她的眼睛中霎时射出快乐的光辉来,但依旧装出关切的样子问:"那么你的饭呢?"

"上馆子吃去。"我爽快地回答。

"真的,一年到头,你也没有什么好东西吃;过年了,索性到馆子里去吃几顿,倒也……"说着,她的眼珠转动着快要笑出来了。虽然脸孔还装得一本正经,像在替我打算。我望着她笑笑,她也笑笑。骤然间,她的心事上来了,眼睛中快乐的光辉全失,忧悒地凝望着我,半响,才用坚决的声调低低说道:"我当然在这里过年啰,哪里可以回家去呢?"

我知道她的意思,她不肯放弃年节的节赏。

于是我告诉她愿意留在这里也好,只是从此不许再提起"过年"两字。

她莫名其妙地应声"哦"。

第二天,我刚在吃早点的时候,她踉跄地进来了,劈头便向我说:"过年了,邮差……"

我勃然大怒道:"邮差干我屁事?我不许你说过年过年。"

但是她不慌不忙,理直气壮地回答:"过年过年不是我要说的呀,那是邮差叫我说的,他说过年了,要酒钱。"我掷了两块钱给她,赶紧掩住自己的耳朵。

下午,我从外面回来,她替我倒了茶,嗫嚅地说道:"扫弄堂的——刚才——刚才也来过了,他说——他说——过——过——"我连忙摇手止住她说话,一面从皮夹里取出了五元钱来,一面端起茶杯。

她望着钞票却不伸手来接,只结结巴巴地说下去:"这次过年别人家都给十……十元呢……"

啪的一声,我把茶杯摔在地上。

茶汁溅在她的鞋上、袜上、裤脚上。她哭丧着脸说道:"我又说顺了嘴呀,记性真不好。"

从此她便再不说过年了,只是我的酒钱还得付。每次她哭丧着脸站在我面前,我就掏出两块钱来;她望着钞票不伸手来接,我就换了张五元的;她的脸色更难看了,我拿起十元钞票向桌上一摔,掉转身子再不去理她。

我的亲戚、朋友,都来邀我吃年夜饭,我统统答应了。到了除夕那天,我吃完午饭就睡起来,假装生病,不论电催,差人催,亲自来催,一一都加以谢绝。王妈蹑手蹑脚地收拾这样,收拾那样,我赌气闭了眼睛不去看她。过了一会,我真的呼呼睡熟了，直睡到黄昏时候方才苏醒。睁眼一看，天哪，王妈把我的房间已经收拾得多整齐，多漂亮，一派新年气象。

我想，这时该没有人来打搅了，披衣预备下床。忽然听得楼梯头有谈话声，接着有人轻步上来了，屏住气息在房门外听，我知道这是王妈。于是我在里面也屏住了气息。不去理她。王妈听了许久，见我没有动静，又自轻步下楼去了，我索性脱掉衣服重新钻进被里。只听得砰的一声，是后门关上的声音，我知道来人已去，不禁深深舒了一口气。

于是，万籁俱寂。

我的心里很平静，平静得像无风时的湖水般，一片茫茫。

一片茫茫，我开始感到寂寞了。

寂寞了好久，我才开始希望有人来，来邀我吃年夜饭，甚至来讨酒钱也好。

但是，这时候，讨酒钱的人似乎也在吃年夜饭了。看，外面已是万家灯火，在这点点灯光之下，他们都是父子夫妻团聚着，团聚着。

我的房间黑黝黝的，只有几缕从外面射进来的淡黄色的灯光，照着窗前一带陈设，床以后便模糊得再也看不见什么了。房间收拾得太整齐，瞧起来便显得空虚而且冷静。但是更空虚更冷静的却还是我的寂寞的心，它冻结着，几乎快要到发抖地步。我想，这时候我可是需要有人来同我谈谈了，谈谈家常——我平日认为顶无聊的家常呀！

于是，我想到了王妈。我想王妈这时候也许正在房门口悄悄地听着吧，听见我醒了，她便会跟跄地进来的。

我捻着电灯开关，室中骤然明亮了，可是王妈并没有进来。我有些失望，只得披衣坐起，故意咳嗽几声，王妈仍旧没

有进来。那时我的心里忽然恐慌起来！万一连王妈也偷偷回去同家人团聚了，我可怎么办呢？

于是我直跳下床来，也来不及穿袜子，趿着拖鞋就往外跑，跑出房门，在楼梯头拼命喊："王妈！王妈！"

王妈果然没有答应。

我心里一酸，腿便软软的，险些儿跌下楼梯。喉咙也有些作怪，像给什么东西塞住了似的，再也喊不出来。真的这个房间里就只有我一个人，这幢房子里就只有我一个人，这个世界上就只有我一个人了吗？这般孤零零的又叫我怎过下去呢？

我想哭。我趿着拖鞋跑回房里，坐在床沿上，预备哭个痛快。但是，哭呀哭的，眼泪却不肯下来，这可把我真弄得没有办法了。

幸而，房门开处，有人托着盘子进来了。进来的人是王妈。我高兴得直跳起来。那时眼泪也凑趣，淌了下来，像断串的珠子。我来不及把它拭去，一跳便跳到王妈背后，扳住她的肩膀连连喊："王妈！王妈！"

王妈慌忙放下盘子，战战兢兢地回答："我……我刚才打个瞌盹，来得迟……迟了。"

"不，不，"我拍着她的肩膀解释："你来得正好，来得正好。"

她似乎大出意外，呆呆望着我的脸。我忽然记起自己的眼泪尚未拭干，搭讪着伸手向盘中抓起块鸡肉，直向嘴边送，一面咀嚼，一面去拿毛巾揩嘴，顺便拭掉眼泪。

王妈告诉我说道鸡肉是姑母差人送来的，送来的时候我正睡着，差人便自悄悄地回去了。我点点头。

王妈说顺了嘴，便道："还有汤团呢，过年了……"说到这里,她马上记起我的命令,赶紧缩住了,哭丧着脸。

我拍拍她的肩膀,没发怒,她便大起胆子问我可要把汤团烧熟来吃。我想了想说,好的,并叮嘱她再带一副筷子上来。

不多时,她就捧着一大碗热气腾腾的汤团来了,放在我面前。但那副带来的筷子却仍旧握在她的一只手里,正没放处,我便对她说道:"王妈,那副筷子放在下首吧,你来陪我吃着。还有,"我拿出张百元的钞票来塞在她的另一只手里,说道:"这是我给你的过年赏钱。"

她张大了嘴半晌说不出话来,一手握着筷子,一手握着钞票,微微有些发抖。

我说:"王妈,吃汤团呀,我们大家谈谈过年。"

她的眼睛中霎时射出快乐的光辉来,但仍旧趑趄着不敢坐下。骤然间,她瞥见我赤脚跋着拖鞋,便跩跄过去把袜子找来递给我道:"你得先穿上袜子呀,当心受凉过……年。"

她拖长声调说出这"过年"两字,脸上再没有哭丧颜色了,我也觉得房间里不再显得空虚而冷静,于是我们谈谈笑笑地过了年。

年

◎季羡林

年，像淡烟，又像远山的晴岚。我们握不着，也看不到。当它走来的时候，只在我们的心头轻轻地一拂，我们就知道：年来了。但是究竟什么是年呢？却没有人能说得清了。

当我们沿着一条大路走着的时候，遥望前路茫茫，花样似乎很多。但是，及至走上前去，身临切近，却正如向水里扑自己的影子，捉到的只有空虚。更遥望前路，仍然渺茫得很。这时，我们往往要回头看看的。其实，回头看，随时都可以。但是我们却不。最常引起我们回头看的，是当我们走到一个路上的界石的时候。说界石，实在没有什么石，只不过在我们心上有那么一点痕迹。痕迹自然很虚缥，所以不易说。但倘若不管易说不易说，说了出来的话，就是年。

说出来了，这年，仍然很虚缥。也许因为这一说，变得更虚缥。但这却是没有办法的事了。我前面不是说我们要回头看吗？就先说我们回头看到的吧。——我们究竟看到些什么呢？灰蒙蒙的一片，仿佛白云，又仿佛轻雾，朦胧成一团。里面浮动着种种的面影，各样的彩色。这似乎真有花样了。但仔细看来，却又不然，仍然是平板单调。就譬如从最近的界石看回去吧。先看到白皑皑的雪凝结在丫杈着刺着灰的天空的树枝上。再往前，又看到澄碧的长天下流泛着的萧瑟冷寂的黄雾。再往前,苍郁欲滴的浓碧铺在雨后的林里,铺在山头。烈阳闪着金光。更往前,到处闪动着火焰般的花的红影。中间点缀着亮的白天,暗的黑夜。在白天里,我们拼命填满了肚皮。在黑夜里,我们挺在床上咧开大嘴打呼。就这样,白天接着黑夜,黑夜接着白天;一明一暗地滚下去,像玉盘上的珍珠……

于是越过一个界石。看上去,仍然看到白皑皑的雪,看到萧瑟冷寂的黄雾,看到苍郁欲滴的浓碧,看到火焰般的红影。仍然是连续的亮的白天,暗的黑夜——于是又越过了一个界石。于是又——一个界石,一个界石,界石接着界石,没有完。亮的白天,暗的黑夜交织着。白雪,黄雾,浓碧,红影,混成一团。影子却渐渐地淡了下来。我们的记忆也被拖到辽远又辽远的雾蒙蒙的暗陬里去了。我们再看到什么呢?更茫茫。然而,不新奇。

不新奇吗?却终究又有些新的花样了。仿佛是跨过第一个界石的时候——实在还早,仿佛是才踏上了世界的时候,我们眼前便障上了幕。我们看不清眼前的东西;只是摸索着走上去。随了白天的消失,暗夜的消失,这幕渐渐地一点一点地撤下去。但我们不觉得。我们觉得的时候,往往是踏上了一个界石回头看的一刹那。一觉得,我们又慌了:"会有这样的事情发生到我身上吗?"其实,当这事情正在发生的时候,我们还热烈地参加着,或表演着。现在一觉得,便大惊小怪起来。我们又肯定地信,不会有这样的事情发生到我们身上的。我们想:自己以前仿佛没曾打算有这样的事情发生。实在,打算又有什么用呢?事情早已给我们安排在幕后。只是幕不撤,我们看不到而已。而且又真没曾打算过。以后我们又证明给

自己:的确发生过这样的事情了,于是,因了这惊,这怪,我们也似乎变得比以前更聪明些。"以后我要这样了",我们想。真的,以后我们要这样了。然而,又走到一个界石,回头一看,我们又惊疑:"怎么又会有这样的事情发生到我身上呢?"是的,真有过。"以后我要这样了",我们又想。——虽然一点一点地撤开,我们眼前仍然是幕。于是,一个界石,一个界石,就在这随时发现的新奇中过下去,一直到现在,我们眼前仍然是幕。这幕什么时候才撤净呢?我们苦恼着。

但也因而得到了安慰了。一切事情,虽然都已经安排在幕后,有时我们也会蓦地想到几件。其中也不缺少一想到就使我们流汗战栗喘息的事情。我们知道它们一定会发生,只是不知道什么时候而已。但现在回头看来,许多这样的事情,只在这幕的微启之下,便悠然地露了出来,我们也不知怎样竟闯了过来。回顾当时的流汗,的战栗,的喘息,早成残像,只在我们心的深处留下一点痕迹。不禁微笑浮上心头了。回首绵绵无尽的灰雾中,竟还有自己踏过的微白的足迹在,蜿蜒一条长长的路,一直通到现在的脚跟下。再一想踏这条路时的心情,看这眼前的幕一点一点撤开时的或惊,或惧,或喜的心情,微笑更要浮上嘴角了。

这样,这条微白的长长的路就一直蜿蜒到脚跟。现在脚下踏着的又是一块新的界石了。不容我们迟疑,这条路又把我们引上前去。我们不能停下来,也不愿意停下来的。倘若抬头向前看的时候——又是一条微白的长长的路,伸展开去。又是一片灰蒙蒙的雾,这路就蜿蜒到雾里去。到哪里止呢?谁知道,我们只是走上前去。过去的,混沌迷茫,不知其所以然了。未来的,混沌迷茫,更不知其所以然了。但是我们时时刻刻都在向前走着。时时刻刻这条蜿蜒的长长的路向后缩了回去,又时时刻刻地向前伸了出去,摆在我们面前。仍然再缩了回去,离我们渐远,渐远,窄了,更窄了。埋在茫茫的雾里。刚才看见的东西,一转眼,便随了这条路缩了回去,渐渐地不清楚,成云,成烟,埋在记忆里,又在记忆里消失了。只有在我们眼前的这一点短短的时间———一分钟,不,还短;一秒钟,不,还短;短到说不出来,就算有那么一点时间吧;我们眼前有点亮:一抬眼,便可以看到桌子上摆着的花的蔓长的枝条在风里袅动,看到架上排着的书,看到玻璃杯在静默里反射着清光,看到窗外枯树寒鸦的淡影,看到电灯罩的丝穗在轻微地散布着波纹,看到眼前的一切,都发亮。然而一转眼,这一切又缩了回去,渐渐地不清楚,成云,成烟,埋在记忆里,也在记忆里消失吧。等到第二次抬眼的时候,看到的一切已经同前次看到的不同了。我说,我们就只有那样短短的时间的一点亮。这条蜿蜒的长长的路伸展出去,这一点亮也跟着走。一直到我们不愿意,或者不能走了,我们眼前仍然只有那一点亮,带大糊涂走开。

当我们还在沿着这条路走的时候,虽然眼前只有那样一点亮,我们也只好跟着它走上去了。脚踏上一块新的界石的时候,固然常常引起我们回头去看;但是,我们仍要时时提醒自己:前面仍然有路。我前面不是说,我们又看到一条微白的长长的路引到雾里去吗? 渺茫,自然;但不必气馁。譬如游山,走过一段路之后,乘喘息未定的时候,回望来路,白云四合,当然很有意思的。倘再翘首前路,更有青霭流泛,不也增加游兴不少吗? 而且,正因为渺茫,却更有味。当我翘首前望的时候,只看到雾海,茫茫一片,不辨山水云树。我们可以任

冬

意把想象加到上面。我们可以自己涂上粉红色,彩红色;任意制成各种的梦,各种的幻影,各种的蜃楼。制成以后,随便安上,无不适合。较之回头看时,只见残迹,只见过去的面影,趣味自然不同。这时,我们大概也要充满了欣慰与生力,怡然走上前去。倘若了如指掌,毫发都现,一眼便看到自己的坟墓。无所用其涂色;更无所用其蜃楼,只懒懒地抬起了沉重的腿脚,无可奈何地踱上去,不也大煞风景,生趣全丢吗?

然而,话又要说了回来。——虽然我们可以把未来涂上了彩色,制成了梦,幻影,和蜃楼;一想到,蜿蜒到灰雾里去的长长的路,仍然不过是长长的路,同从雾里蜿蜒出来的并不会有多大的差别;我们不禁又惘然了。我们知道,虽然说不定也有点变化,仍然要看到同样的那一套。真的,我们也只有看到同样的那一套。微微有点不同的,就是次序倒了过来。——我们将先看到到处闪动着的花的红影;以后,再看到苍郁欲滴的浓碧;以后,又看到萧瑟冷寂的黄雾;以后,再看到白皑皑的雪凝在丫杈着刺着灰的天空的树枝上。中间点缀着的仍然是亮的白天,暗的黑夜。在白天里,我们填满了肚皮。在夜里,我们咧开大嘴打呼。照样地,白天接着黑夜,黑夜接着白天。于是到了一个界石,我们眼前仍然只有那短短的时间的一点亮。脚踏上这个界石的时候,说不定还要回过头来看到现在。现在早笼在灰雾里,埋在记忆里了。我们的心情大概不会同踏在现在的这块界石上回望以前有什么差别吧。看了微白的足迹从现在的脚下通到那里的脚下,微笑浮上心头呢?浮上嘴角呢?惘然呢?漠然呢?看了眼前的幕一点一点地撤去,惊呢?惧呢?喜呢?那就都不得而知了。

于是,通过了一块界石,又看上去,仍然是红影,浓碧,黄雾,白雪。亮的白天,暗的黑夜,一个推一个,滚成一团,滚上去,像玉盘上的珍珠。终于我们看到些什么呢？灰蒙蒙;然而不新奇。但却又使我们战栗了。——在这微白的长长的路的终点,在雾的深处,谁也说不清什么地方,有一个充满了威吓的黑洞,在向我们狞笑,那就是我们的归宿。障在我们眼前的幕,到底也不会撤去。我们眼前仍然只有当前一刹那的亮,带了一个大混沌,走进这个黑洞去。

走进这个黑洞去,其实也倒不坏,因为我们可以得到静息。但又不这样简单。中间经过几多花样,经过多长的路才能达到呢？谁知道。当我们还没有达到以前,脚下又正在踏着一块界石的时候,我们命定地只能向前看,或向后看。向后看,灰蒙蒙,不新奇了。向前看,灰蒙蒙,更不新奇了,然而,我们可以做梦。再要问:我们要做什么样的梦呢？谁知道。——切都交给命运去安排吧。

1934 年 1 月 24 日

冬

冬阳·童年·骆驼队

◎林海音

骆驼队来了,停在我家的门前。

它们排列成一长串,沉默地站着,等候人们的安排。天气又干又冷。拉骆驼的摘下了他的毡帽,秃瓢儿上冒着热气,是一股白色的烟,融入干冷的大气中。

爸爸在和他讲价钱。双峰的驼背上,每匹都驮着两麻袋煤。我在想,麻袋里面是"南山高末"呢?还是"乌金墨玉"?我常常看见顺城街煤栈的白墙上,写着这样几个大黑字。但是拉骆驼的说,他们从门头沟来,他们和骆驼,是一步一步走来的。

另外一个拉骆驼的,在招呼骆驼们吃草料。它们把前脚一屈,屁股一撅,就跪了下来。

爸爸已经和他们讲好价钱了。人在卸煤,骆驼在吃草。

我站在骆驼的面前,看它们吃草料咀嚼的样子:那样丑的脸,那样长的牙,那样安静的态度。它们咀嚼的时候,上牙和下牙交错地磨来磨去,大鼻孔里冒着热气,白沫子沾满在胡须上。我看得呆了,自己的牙齿也动了起来。

老师教给我,要学骆驼,沉得住气的动物。看它从不着急,慢慢地走,慢慢地嚼,总会走到的,总会吃饱的。也许它天生是该慢慢的,偶然躲避车子跑两步,姿势就很难看。

骆驼队伍过来时,你会知道,打头儿的那一匹,长脖子底下总系着一个铃铛,走起来,"当、当、当"地响。

"为什么要一个铃铛?"我不懂的事就要问一问。

爸爸告诉我,骆驼很怕狼,因为狼会咬它们,所以人类给它戴上铃铛,狼听见铃铛的声音,知道那是有人类在保护着,就不敢侵犯了。

我的幼稚心灵中却充满了和大人不同的想法,我对爸爸说:

"不是的,爸!它们软软的脚掌走在软软的沙漠上,没有一点点声音,你不是说,它们走上三天三夜都不喝一口水,只是不声不响地咀嚼着从胃里反刍出来的食物吗?一定是拉骆驼的人类,耐不住那长途寂寞的旅程,所以才给骆驼戴上了铃铛,增加一些行路的情趣。"

爸爸想了想,笑笑说:

"也许,你的想法更美些。"

冬天快过完了,春天就要来,太阳特别的暖和,暖得让人想把棉袄脱下来。可不是么?骆驼也脱掉它的绒袍子啦!它的毛皮一大块一大块地从身上掉下来,垂在肚皮底下。我真想拿剪刀替它们剪一剪,因为太不整齐了。拉骆驼的人也一样,他们身上那件反穿大羊皮,也都脱下来了,搭在骆驼背的小峰上,麻袋空了,"乌金墨玉"都卖了,铃铛在轻松的步伐里响得更清脆。

夏天来了,再不见骆驼的影子,我又问妈:

"夏天它们到哪儿去?"

"谁?"

"骆驼呀!"

妈妈回答不上来了,她说:

"总是问,总是问,你这孩子!"

夏天过去,秋天过去,冬天又来了,骆驼队又来了,但是童年却一去不还。冬阳底下学骆驼咀嚼的傻事,我也不会再做了。

可是,我是多么想念童年住在北京城南的那些景色和人物啊!我对自己说,把它们写下来吧,让实际的童年过去,心灵的童年永存下来。

就这样,我写了一本《城南旧事》。

我默默地想,慢慢地写。看见冬阳下的骆驼队走过来,听见缓慢悦耳的铃声,童年重临于我的心头。

1960 年 10 月

冬日絮语

◎冯骥才

每每到了冬日，才能实实在在触摸到了岁月。年是冬日中间的分界。有了这分界，便在年前感到岁月一天天变短，直到残剩无多！过了年忽然又有大把的日子，成了时光的富翁，一下子真的大有可为了。

岁月是用时光来计算的。那么时光又在哪里？在钟表上，日历上，还是行走在窗前的阳光里？

窗子是房屋最迷人的镜框。节候变换着镜框里的风景。冬意最浓的那些天，屋里的热气和窗外的阳光一起努力，将冻结玻璃上的冰雪融化；它总是先从中间化开，向四边蔓延。透过这美妙的冰洞，我发现原来严冬的世界才是最明亮的。那一如人的青春的盛夏，总有阴影遮翳，葱茏却幽暗。小树林又何曾有这般光明？我忽然对老人这个概念生了敬意。只有阅尽人生，脱净了生命年华的叶子，才会有眼前这小树林一般明彻。只有这彻底的通彻，才能有此无边的安宁。安宁不是安寐，而是一种博大而丰实的自享。世中唯有创造者所拥有的自享才是人生真正的幸福。

朋友送来一盆"香棒"，放在我的窗台上说："看吧，多漂亮的大叶子！"

这叶子像一只只绿色光亮的大手，伸出来，叫人欣赏。逆

光中,它的叶筋舒展着舒畅又潇洒的线条。一种奇特的感觉出现了!严寒占据窗外,丰腴的春天却在我的房中怡然自得。

自从有了这盆"香棒",我才发现我的书房竟有如此灿烂的阳光。它照进并充满每一片叶子和每一根叶梗,把它们变得像碧玉一样纯净、通亮、圣洁。我还看见绿色的汁液在通明的叶子里流动。这汁液就是血液。人的血液是鲜红的,植物的血液是碧绿的,心灵的血液是透明的,因为世界的纯洁来自于心灵的透明。但是为什么我们每个人都说自己纯洁,而整个世界却仍旧一片混沌呢?

我还发现,这光亮的叶子并不是为了表示自己的存在,而是为了证实阳光的明媚、阳光的魅力、阳光的神奇。任何事物都同时证实着另一个事物的存在。伟大的出现说明庸人的无所不在;分离愈远的情人,愈显示了他们的心丝毫没有分离;小人的恶言恶语不恰好表达你的高不可攀和无法企及吗?而骗子无法从你身上骗走的,正是你那无比珍贵的单纯。老人的生命愈来愈短,还是他生命的道路愈来愈长?生命的计量,在于它的长度,还是宽度与深度?

冬日里,太阳环绕地球的轨道变得又斜又低。夏天里,阳光的双足最多只是站在我的窗台上,现在却长驱直入,直射在我北面的墙壁上。一尊唐代的木佛一直伫立在阴影里沉思,此刻迎着一束光芒无声地微笑了。

阳光还要充满我的世界,它化为闪闪烁烁的光雾,朝着四周的阴暗的地方浸染。阴影又执着又调皮,阳光照到哪里,它就立刻躲到光的背后。而愈是幽暗的地方,愈能看见被阳光照得晶晶发光的游动的尘埃。这令我十分迷惑:黑暗与光明的界限究竟在哪里?黑夜与晨曦的界限呢?来自于早醒的鸟第一声的啼叫吗……这叫声由于被晨露滋润而异样地清亮。

但是,有一种光可以透入幽闭的暗处,那便是从音箱里散发出来的闪光的琴音。鲁宾斯坦的手不是在弹琴,而是在摸索你的心灵;他还用手思索,用手感应,用手触动色彩,用手试探生命世界最敏感的悟性……琴音是不同的亮色,它们像明明灭灭、强强弱弱的光束,散布在空间!那些旋律片断好似一些金色的鸟,扇着翅膀,飞进布满阴影的地方。有时,它会在一阵轰响里,关闭了整个地球上的灯或者创造出一个辉煌夺目的太阳。我便在一张寄给远方的失意朋友的新年贺卡上,写了一句话:

你想得到的一切安慰都在音乐里。

冬日里最令人莫解的还是天空。

盛夏里,有时乌云四合,那即将被峥嵘的云吞没的最后一块蓝天,好似天空的一个洞,无穷地深远。而现在整个天空全成了这样,在你头顶上无边无际地展开!空阔、高远、清澈、庄严!除去少有的飘雪的日子,大多数时间连一点点云丝也没有,鸟儿也不敢飞上去,这不仅由于它冷冽寥廓,而是因为它大得……大得叫你一仰起头就感到自己的渺小。只有在夜间,寒空中才有星星闪烁。这星星是宇宙间点灯的驿站。万古以来,是谁不停歇地从一个驿站奔向下一个驿站?为谁送信?为了宇宙间那一桩永恒的爱吗?

我从大地注视着这冬天的脚步,看看它究竟怎样一步步、沿着哪个方向一直走到春天?

冬

雪后

◎蒋子龙

阴沉沉的下午,开着沉闷的会议。

冬天的干冷变成了阴冷。

下雪啦!——有人心思飘到窗外,竟叫出了声,带着抑制不住的惊喜和兴奋。开会的人一下子都来了精神,有人离座走到阳台上去。会议不得不暂时中断。

我抬起头,窗外果然开始飘洒精盐一般的东西,心里不觉为之一动,大家原来都这么盼着下雪。我便放下手中的杂志,全身心地盯着窗外,企盼着雪花越下越大,越下越急,越下越密。

一位风头正健的年轻朋友兴致高涨,居然大声背诵起李世民的《望雪》:"入牖千重碎,迎风一半斜。不妆空散粉,无树独飘花。"随着他的朗读声,细雪越下越慢,雪粉越下越稀,地根本还没有白,更没有湿,渐渐的地上类似雪花的东西便消失得无影无踪了。

实在让人扫兴。人们又从阳台上回到屋里。

那位年轻才子说:"我小时候听了那么多关于雪的故事,可长这么大还没有见过真正的大雪呢!"

我心里一震:有这么多年没有下过大雪了吗?

在我童年的记忆里,冬天是白色的,土地被冻得裂开一道道口子,我的手上和脚上也常常带着裂口。用带着裂口的手在场上玩弹球,一不小心玻璃球就会掉进裂缝里。在野地里打鸟,只要选一块地方把厚厚的积雪清理掉,撒上粮食,因雪封大地觅不到食的鸟便会飞扑过来自投罗网……这样的冬天不知什么时候悄悄地改变了,变得温温吞吞,说冷不冷,说热不热。

无雪的冬天让人们烦躁、不安。四季变得模糊、混沌了。

夜风阴冷,从沉沉暗空中又开始飘落星星点点似雪似雨的颗粒,落地便融化。我没有太注意,确切地说是对下雪已不抱太大的希望了。第二天早晨五点半钟,闹钟按惯例把我叫醒。当我出门游泳的时候,门外的世界大变了,灰暗、肮脏的城市被层层叠叠的洁白所包裹,白得透彻,白得清亮,连被清洗过的空气都凉沁沁带着一股清香。高高低低的建筑、树木、线路、管道——城市分出多少层横面就有多少层洁白,足可称得上"银色三千界,瑶林一万重"。

马路上积雪没脚面,人很少,车也很少。有些街段雪如处子,我的自行车在上面轧出了第一道辙印,破坏了雪的平整和宁静,既有些不忍,又有一种独享刺激的快乐。市区主要大道上洒了盐水,被汽车轮子反复轧过之后如同新翻过的土地,雪花洗净了车轮自己却变黑了,脏兮兮的雪泥堆出了一道道垄沟。自行车已无法再骑,我推着它碾出了嘎嘎的声响,一如心的欢快。

每天在游泳馆里的一个多小时,常常是我一天当中最轻松愉快的时候。大雪之后更有一种异样的兴奋,游泳完了仍不想回家,便推着自行车向郊外走,想看看雪后的东湖景色。郊外一片皑皑,被大雪刚刚洗过的晴空蓝得透亮,连初升的太

阳似乎也清晰了许多。大地上各种部位各个层面上的积雪，反射出五彩光束相互回绕，天地间变得明亮而辉煌。

老远就听到东湖上笑语喧闹，冬泳者把靠近码头的坚冰砸破，清理出一块十几米见方的水面，一赤裸老人站在码头的高台上，做英勇就义状，振臂高呼："中国共产党万岁！"然后纵身跳入水中，激起一串笑声。其他人也纷纷仿效，呼喊着各种滑稽口号跃入水中。破冰垂钓者则远离嘻嘻哈哈的冬泳者和看热闹的人，在湖的深处星星点点布开阵势，像白棋盘上的黑子一样均匀。

城里的街道上车多人多，碰撞的多，摔跤的多，但没有生气、吵架的，挨摔的人乐乐呵呵，看摔跤的人也乐乐呵呵。一场大雪居然使紧张、烦躁、牢骚满腹、火气旺盛的城里人变得和善了。洪水滔天的时候企盼晴朗干燥，暴风雪肆虐的时候希望大自然施舍丽日和风。一旦取得了跟大自然的和谐，人们又感到多么幸运，多么快乐。

也许是为了保存这场难得的大雪，雪后气温一直很低，把松散的雪花变成坚固的整体，抗拒着来自外力的摧残和阳光的融化。于是，一个多月以后，城里的背阴处、人们较少踩踏的地方，仍然保留着一层光滑结实的残雪，记录着天地间曾经有过的洁白。有白雪，人们自然就会有希望，有梦想……

冬景

◎贾平凹

早晨起来,匆匆到河边去;一个人也没有,那些成了固定歇身的石凳儿,空落着,连烫烟锅磕烟留下的残热也不曾存,手一摸,冷得像烙铁一样地生疼。

有人从河堤上走来,手一直捂着耳朵,四周的白光刺着眼睛,眯眯地睁不开。天把石头当真冻硬了,瞅着一个小石块踢一脚,石块没有远去,脚被弹了回来,痛得"哎哟"一声,俯下身去。

堤下的渡口,小船儿依然系在柳树上,却不再悠悠晃动,横了身子,被冻固在河里。船夫没有出舱,弄他的箫管吹着,若续若断,似乎不时就被冻滞了。或者嘴唇不再软和,不能再吹下去,在船下的冰上燃一堆柴火。烟长上来,细而端。什么时候,火堆不见了,冰面上出现一个黑色的窟窿,水咕嘟嘟冒上来。

一只狗,白绒绒的毛团儿,从冰层上跑过对岸,又跑过来,它在冰面上不再是白的,是灰黄的。后来就站在河边被砸开了的一块冰前,冰里封冻了一条小鱼,一个生命的标本。狗便惊奇得汪汪大叫。

田野的小路上,驶过来一辆拉车。套辕的是头毛驴,样子很调皮,公羊般大的身子,耳朵上、身肚上长长的一层毛。主

冬

人坐在车上,脖子深深地缩在衣领,不动也不响,一任毛驴跑着。落着厚霜的路上,驴蹄叩着,干而脆地响,鼻孔里喷出的热气,向后飘去,立即化成水珠,亮晶晶地挂在长毛上。

有拾粪的人在路人踽踽地走,用铲子捡驴粪,驴粪却冻住了。他立在那里,无声地笑笑,作出长久的沉默。有人在沙地里扫树叶,一个沙窝一堆叶子,全都涂着霜,很容易抓起来。扫叶人手已经僵硬,偶尔被树枝碰了,就伸着手指在嘴边,笑不出来,哭不出来,一副不能言传的表情,原地唏溜打转儿。

最安静的,是天上的一朵云,和云下的那棵老树。

吃过早饭,雪又下起来了。没有风,雪落得很轻,很匀,很自由。在地上也不消融,虚虚地积起来,什么都掩盖了本质,连现象都模糊了。天和地之间,已经没有了空间。

只有村口的井,没有被埋住,远远看见往上喷着蒸气。小媳妇们都喜欢来井边洗萝卜,手泡在水里,不忍提出来。

这家老婆婆,穿得臃臃肿肿,手背上也戴了蹄形手套,在炕上摇纺车。猫儿不再去恋爱了,蜷在身边,头尾相接,赶也赶不走。孩子们却醒得早,趴在玻璃窗上往外看。玻璃上一层水气,擦开一块,看见院里的电线,差不多指头粗了:

"奶奶,电线肿了。"

"那是落了雪。"奶奶说。

"那你在纺雪吗,线穗子也肿了。"

他们就跑到屋外去,张着嘴,让雪花落进去,但那雪还未到嘴里,就总是化了。他们不怕冷,尤其是那两颗眼睛。互相抓着雪,丢在脖子里,大呼大叫。

一声枪响,四野一个重重的惊悸,阴崖上的冰锥震掉了几个,哗啦啦地在沟底碎了,一只金黄色的狐狸倒在雪地里,殷红的血溅出一个扇形。冬天的狐皮毛质最好,正是村里年轻人捕猎的时候。

　　麦苗在厚厚的雪下,叶子没有长大来,也没有死了去,根须随着地气往下掘进。几个老态龙钟的农民站在地边,用手抓着雪,吱吱地捏个团子,说:
　　"好雪,好雪。冬不冷,夏不热,五谷就不接了。"
　　他们笑着,叫嚷着回去煨烧酒喝了。
　　雪还在下着,好大的雪。
　　一个人在雪地里默默地走着,观赏着冬景。前脚踏出一个脚印,后脚离起,脚印又被雪抹去。前无去者,后无来人,他觉得有些超尘,想起了一首诗,又道不出来。
　　"你在干什么?"一个声音。
　　他回过头来,一棵树下靠着一个雪桩。他吓了一跳,那雪桩动起来,雪从身上落下去,像蜕落掉的锈斑,是一个人。
　　"我在做诗。"他说。
　　"你就是一首诗。"那个人说。
　　"你在干什么?"
　　"看绿。"
　　"绿在哪儿?"
　　"绿在树枝上。"
　　树上早没有了叶子,一群小鸟栖在枝上,一动不动,是一树会唱的绿叶。
　　"还看到什么吗?"
　　"太阳,太阳的红光。"

"下雪天没有太阳的。"

"太阳难道会封冻吗？瞧你的脸，多红；太阳的光看不见了，却晒红了你的脸。"

他叫起来了：

"你这么喜欢冬天?!"

"冬天是庄严的，静穆的，使每个人去沉思，而不再轻浮。"

"噢，冬天是四季中的一个句号。"

"不，是分号。"

"可惜冬天的白色多么单调……"

"哪里！白是一切色的最丰富的底色。"

"可是，冬天里，生命毕竟是强弩之末了。"

"正是起跑前的后退。"

"啊，冬天是个卫生日子啊！"

"是的，是在做分娩前准备的伟大的孕妇。"

"孕妇?!"

"不是孕育着春天吗？"

说完，两个人默默地笑了。

两个陌生人，在天地一色的雪地上观赏冬景，却也成为了冬景里的奇景。

炉火

◎张炜

冬夜,听不到炉火噜噜燎动之声。那是多么好的声音,它甚至可以驱走心中的严寒……

仍能想起无数个那样的夜晚,炉火旁,我们的不停阅读。几个人屏息静气,一杯热茶,一点跃动的灯火,就是最为幸福的时刻。大家从遥远之地汇集一起,有的甚至跋涉了一百多里。他们在阅读别人的或是自己的东西;或倾听,或热烈辩论。常有人泪花闪闪。

那是个贫寒岁月。朋友们除了一副背囊,一腔热情,几乎一无所有。他们大多是一些流浪者,一些年纪轻轻的流浪汉。他们在山地和平原奔走、劳动,过着清苦的生活。但他们都有阅读的习惯,甚至还有写作的习惯——挤在油灯下,炉火旁,就有了一场精神会餐。他们也许是稚嫩的,他们还多么年轻。可是他们身上却闪烁着自尊的光芒。他们比那些为另一些东西而奔波的油头粉面者要高贵十倍。他们当时衣衫破旧,头发脏乱,脸上带着灰尘,脚上和手上还留着劳作留下的创伤,粗浊的山地和外省口音也无法掩去真知灼见,并使这场辩论显得特别激烈,他们的纯美见解没有被记录,却可以被记忆。

许多年过去了,当年那些年轻的身影都四散离去。有的再寻不到,成为昨天;只有那一幕幕,如在眼前。

今天再没有那样的炉火了,没有那样的聚会,那样的痴情、那样浪漫和纯粹的情怀。真的难以寻觅。

我们点起这样的炉火,因为无比怀念那些时刻。它是一段青春,消逝了即不能回返。可是那个场景却可以重造,不仅在记忆中,而且在现实中。

昨日不再卑微渺小,因为它有沉重的关怀。我们当年有幸参与了倾听了,看到了炉火动人的燃烧。那一片温暖让人永志难以忘怀。

如今在乡间,在闹市,在中心,在边陲,哪里还可以找到那样的炉火?那是过时的风尚、是陈迹……首先是心中的炉火熄灭了。人们在为另一些东西所激动,为原始的欲望而奔波。他们丢失了当年的背囊。

在世纪之交的喧嚣中,唯独失却了炉火。我们从那些动人的记载中可以发现,在十九世纪的俄罗斯,在那片与我们毗邻的土地上,一大批杰出的人物,像东方某个时期的一些人物所面临的状态一样。在社会的转折期,在世纪的交汇期,他们当中有贵族,也有贫儿;有艺术家、音乐家、思想家,也有哲学家和科学家。他们的壁炉正熊熊燃烧,炉火旁纵论天下,通宵达旦。那是为真理和艺术奔走相告的一种激情。炉火像他们的豪情一样烈焰腾腾。伟大的心灵在跳动,他们用双手迎来一个思辨的时代。他们开拓了伟大的视野,传播了诗与真,在整个人类的思想和艺术史上占有光辉一页。

最初这声音只在炉火旁,在一个角落;但由于它闪烁着真的光芒,终于越过斗室,走向苍穹,化作滚滚雷鸣,如闪电照亮了天际。

那片土地上的思想艺术之火正像我们后来所了解的那

样,成为燎原之势。它给东方和西方同时造成了震撼。那些杰出人物的高大身影,已经不会倒塌。

不仅是对炉火的憧憬,而是追求真实、追求人生大境界的本能,使一批又一批人接近了那燃烧的火焰。

人有精力充盈、火力四射的青年时代。在那个时期,他们往往有着美好而壮丽的举动。

记得十几年前那个春天的夜晚,一拨年轻人聚集在一个场所,交流自己的阅读和崭新的见解——言辞愈来愈激烈,气氛愈来愈火暴,春寒一扫而光。他们个个热汗涔涔,头发冒着白汽。炉火燃起,停电之后又点上蜡烛。再后来,那狭窄的室内空间已经有碍于激烈冲撞的思想了。他们先后走出,走到郊外山上。

在山上那层层开凿的台阶上,他们坐成一排;有时站立,挥动手臂展开辩论……那都是关于人生、哲学、艺术,关于古代和今天,关于切近我们生活的历史,关于未来的想象和推论……那些纯洁而深刻的思想与他们的年龄或不相称;他们唇边刚刚生成一层茸毛,睫毛微翘,星光下闪烁一片明亮的眸子。

一种毫无邪气、毫无私欲的论辩激烈进行,每天都有越来越多的年轻伙伴奔赴郊外这座山。

辩论持续了很久。这是一场蔓延了半座城市、一座大山的辩论。那些谈锋犀利、知识渊博的年轻人都在黄昏刚刚消失的时刻赶到山上。上一场辩论中的胜者站在了台阶最高处,败者则退下山来。胜者要接受一波又一波的挑战。他们真诚、执拗,为真理不甘屈服。他们当中的最杰出者,最后或者可以称为"不败者"的,只剩下了五人。

冬

　　当年那场令人神往的大辩论如在眼前,或许永生不会终了。它像巨石投入水中,波纹荡到遥远。这声音来自我们民族精神的深远贮藏,它使人想到春秋战国时期奔走天下、纵论时事的诸子;想起提出"百家争鸣"的稷下学宫;想起那些互不谦让、口齿锋利、"日服千人"之士。

　　物质主义盛行的时刻是远没有那样的气势的。一种无所不在的萎靡只会把人的精神向下导引,进入尘埃。

　　人没有能力向上仰望开阔的星空,没有能力与宇宙间的那种响亮久远的声音对话。当每个人心中的炉火渐渐熄灭之时,就是无比寒冷的精神冬季降临之日。这种寒冷将使人不堪忍受。当有人怀念炉火之时,往往已为时过晚了。

　　但是火种总会贮藏在一些特殊的角落,它们远未熄灭。它们即便是在最寒冷的时候还仍然在那儿默默地燃烧,酿成一小片炽烈。

　　那是心中的火,不灭的火,是生命之火。没有什么力量可以绞杀生命的火种。正是这火种,最终给人类带来光明。

　　生命之光即是永恒之光。

冬天的好处

◎周涛

从旧年的十一月算起,到新年的四月,这整整半年的北国西部的冬天,是一个名副其实的大冬天。

大冬天占去了我们生命的将近一半,它把其他三个季节挤在一起,然后平分天下,形成了我们这里独有的季节上的昼夜式格局。

我们和冬天的关系就是这样一种关系,像是喜欢熬夜的人和夜晚的关系,也像是喜欢幻想的人和空间的关系,这往往是别的地方的人所难以觉察的。

谁能觉察出北国西部的人们那种对漫长冬季安之若素、处之泰然的默契神合呢?谁又能发觉他们每到春天时表现出的懵懵懂懂、竭力适应的表情呢?这的确是极不容易觉察的,虽然这就写在他们脸上、眼神里,可是连他们自己也不明白,他们天性中的许多东西,正是这个大冬天赋予的。

如果说把春天当作听音乐会,把夏天当作看一场大足球赛,把秋天当作观赏五彩缤纷的京剧连台好戏,那么冬天,是我们的平稳而又有滋有味的日常生活。有的人可怜我们,认为我们非常不幸,是一些发配在严寒地域的人,像企鹅一样。这不怪他们,因为他们不了解冬天,这不是一个用理论能解释的问题。

冬

　　我们对冬天是这么看的,它正如日常生活那样,既让人恨,又让人爱,既让人厌烦,又让人喜欢,既显得过于漫长,又让人在炎热的夏天想到它的诸多好处,无限怀恋。

　　比如去年夏天把我热得终日半裸,上身不着片丝,难挨之下,望着阳光白晃晃的窗玻璃,祈愿道:"现在下一场大雪该有多好!"

　　这说明什么呢?这说明我们想念雪了,也说明雪同样是人的生活中不可缺少的,它是我们在冬天的朋友,也是冬天——这个看起来似乎比较空洞的事物的内容。我们对它的思念往往从夏天开始,好像一个约会,也好像是一个不需要邀请但到了时候一定会忽然从远方光临的流浪汉朋友,它真够意思,它从来没有失约过。

　　而且往往是它一来,世界就改变了。

　　谁也不会无动于衷,谁也只能因为惊喜而感叹唏嘘但说不清为什么快乐或忧伤,第一场大雪的造访,强有力地感染着人们,改变着生活。往往,凝视着窗外昏灰天空中纷飞旋舞的雪花,心里会感动、会喜悦继而产生无名的忧伤。雪花像是活的、有生命的东西一样,忽上忽下,忽左忽右,甚至在窗玻璃外面飘飘摇摇,像招手也像微笑,像婴儿天真的手也像仙女摇曳的裙裾。这时候你会在心里对它说:"你跑到哪儿去了?这么长的时间里你到什么地方浪去了?"

　　它什么也不说,就只是一个劲儿地飞翔,旋转,跳舞,像芭蕾舞的精灵伴着《梁祝》"化蝶"一场的音乐。从天空到大地这一段距离,就是它的舞台,就是它的艺术生命,然后跳累了,它落在地下,静静地睡,它自己就是自己的被子。

　　特别是在那样一种冬夜,整个空间呈现着深层海底世界的昏灰和幽蓝。雪已经很厚了，但还在不停地下着，茶黄的路灯光晕收敛，像一束谦虚地望着脚面的眼神。灯光下，纷纷攘攘的大片雪花、雪团，像活跃在灯光里的飞蛾一样，扑扇着，争抢着翻飞，并且碰落着一些白粉。厚茸茸的雪地反射出一层蓝光，和各种颜色的灯光交汇在一起，又与天空中透出的灰蓝夜光辉映交融，构成了一种类似太空的夜感，在冬夜的厚雪上缓缓行走，仿佛是一个登月人。

有时候一场大雪之后，恰恰是一个晴丽的早晨，太阳像一个走错了门的愣头小子，它完全是一副夏天的打扮，短裤、背心，满面通红。这一轮太阳一掉进这个冬天的早晨，就形成鲜明强烈的对照，所有的雪都反对它，反射它的光，拒绝这个普照天下的泛爱主义者。从天上输送下来的阳光和被雪地反射回去的光芒，在半空中相碰，光芒四溅，乱人眼目——使人仿佛处在一场光的战争之中，不知该顺从哪一方才好。

不过我还是认为最能引为平生快事的冬景，一是雪原骋马，二是冰城行车。这两件事尽管风光不同，但同样是快事。河谷之地，雪晴之时，呼朋引类，长枪快马，或以打猎为名，或以婚礼为由，携美酒，挂羔羊，飞奔十里，笑语喧哗，然后驻足高坡，纵目骋怀。但见天地一色，山河净美，白茸茸世界，厚墩墩乾坤，众人歌啸徐行，突一人大吼："祖国，我爱你！"然而夜至冰城，灯火交映，长街冰河平彻，高厦雪岭星光，万车争流，尾灯明灭，笙歌归院落，灯火下楼台，繁华大陆桥，边陲不夜城。当此时也，置身车内，恍然如梦，真不敢信眼前即是四十年前十字小城！慨今思昔，不胜沧桑，忽忆起有南方人好奇之问："乌鲁木齐街上有狼吗？"独自爽然大笑不止。

自然之美，人工之美，都很美啊，何以非得扬此抑彼，贬低

一个呢?天地造化,神工鬼斧,是我们都热爱,都珍惜的,不需以咒骂城市来显示自己更亲近自然。热爱着生活的人们啊,让我们更理解、更能品味也更会享受生活吧!不要身在尘世,却口喊着出家,身处都市却叫嚷着归隐山林,不准备实行的事不要说,因为那是很虚伪的。

同样,如果你连冬天都有力量热爱,那么世上还有什么让你爱不起来呢?椰风蕉雨,白沙碧浪,十里花街,百里梧桐,杨柳岸晓风残月,三秋桂子飘香,仲夏蝉声如梦……这些还用说吗?

冬天是一种存在,冬天是一种生活,没准儿它的如期而至正是应了我们体内循环的需求呢?正如一个女士的文章所说的:"望着洁白的天雪一色,内心陡然平静了,平静得仿佛触到了长久平安的边缘。"(《新疆经济报》1996年1月3日副刊:张红《大雪小雪又一年》)

不拒绝冬天就是不拒绝生活,理解冬天也是理解生活,而且,难道逃避了冬天的人是幸福的么?

鱼儿离不开水,人也离不开土地和冬天,冬天给我们留下的回忆往往比春夏秋更明晰、更深刻、更难忘。冬天的好处对一个人的一生来说,就像是父亲的影响那样,不知不觉但是渗入骨髓。因而,冬天的好处、妙处,深远感人处是随手可以列举出来的,一事、一物、一景,均对人的生存起着潜移默化的影响——我不妨从印象中顺手摘列几条景状如次,愿能与诸君共赏:

其一,转场途中,雪野寥廓。大队牛羊骆驼已渐行渐远,独有一马,离群孤立于山坳下。雪深没膝,旷野无边,那马啃一啃雪,抬起头颈,不知已被遗落,也不知该向何方,东望西望路迷,跑沙跑雪长嘶。

大大的天地,小小的马匹,对比在那里,周围全是厚厚的雪。

转场的人马已经远得看不见了。

其二,半岁婴儿,口不能言,适逢天降瑞雪,抱之户外,令仰视之。婴儿双睛珠圆玉润,如生命之泽,深邃不可测;忽有大朵雪花落于睫毛上,颤颤然如蝶栖花蕊。婴儿大惊异,双目圆睁,良久不动。其天人初遇之状,令人难忘。

其三,托友人弄两张库车灰羔皮,说过忘了,几年后友人果真捎来;又托一友请维吾尔老帽匠制帽,拖数载,果然制成。此帽成后乃盼冬天,冬天至时乃盼寒天,大雪之际,戴帽出行,羔毛翻卷,色呈灰白,落雪不沾,晴日却仿佛帽上落了雪花。大有"晚来天欲雪"、"大雪满弓刀"之意味。皮帽名不虚传,不冷至零下十几度不能戴,戴则汗出。

其四,大雪天包饺子极有滋味,可以神遨万里,遥通古人。雪幕垂塞之下,心不旁骛,思无干扰,包出的饺子也格外好吃。

其五,扫雪为人生一大乐事。一长帚,一方锹,堆绒扫玉,不起尘埃,直将天宫神匠屑,扫作人间白玉山。可以舒筋骨、活血液,于人有益,于己更有益,强似专为锻炼身体多矣!

其六,大雪天有友朋来,极有情致。肯于冒雪而来,其情必真;能于雪中迎客,吾心则喜。烟暖斗室,茶舒肺腑,坐而谈无事之事,笑而论无书之书;兴尽人去,新雪地上留下一串旧交足印,深深胖胖,低回不尽。

其七,看人冬泳,浑身陡起鸡皮疙瘩,转念一想自己还在陆上,肥厚呆立如企鹅,于是倍觉温暖。

其八,在大街上看人滑倒,正在失笑,不料自家脚下一滑,

摔了个仰绊子朝天,别人没笑反伸过手来搀扶。

其九,小孩打雪仗,堆雪人,兴致盎然,不知人间寒冷。望之令人感动,忽然忆及童年并鲁迅先生"像紫芽姜一般的小手"之句。

其十,"山舞银蛇,原驰蜡象"是冬日常景,"红装素裹,分外妖娆"是近在眼前,于是吟起《沁园春·雪》词句,伟人胸襟,催人振奋。

便想起毛泽东毛润之先生,生前喜爱雪。

> 梅花欢喜漫天雪,
> 冻死苍蝇未足奇。

1996年1月8日写于新疆

我与冬天的交往

◎谢大光

季节和人一样,生活在一起并不等于有了交情,相互的了解要有一个投缘的契机。何况冬天是一位诤友,要想得到他的情谊,少不了经受一番考验哩。

我最初与冬天的交往,还要感谢1962年的那场战争危机。它使我的生活发生了戏剧性的变化:几乎在一夜之间,我结束了平静的大学生活,应国家的征召,穿上了军装。这种角色的转换将给命运带来什么影响,当时根本无从顾及,萦绕心头的却是很多年以后才明白的一个问题:为什么战争发生在东南沿海,而我们的军车却一直向北开?

向北,就是向着冬天靠近。九月,在小兴安岭的一个山沟里,我们伐木脱坯,刚刚把土屋垒起,冬天就降临了。

没有降温的预兆,也没有暴风的警告,第一场大雪是在深夜悄然飘落的,来得这样突然而又温柔,好像梦中常念到的亲人,一睁眼正坐在炕头。清晨起床,屋门已被积雪封住,我们破窗而出,只见身后的茅屋半截埋入雪中,活像一个顶着白帽子的大蘑菇。先顾不上铲雪开门,我们这些第一次见到关外大雪的新兵们,欢呼着扑向雪原。眼前真是一个奇异的世界:往日熟悉的远山近树,无论峻峭的,还是柔和的,一下子都变得矮了,胖了,也滑稽了许多,就像进入了童话中的小人国。

冬

地上白雪纤尘不染,天宇澄澈清明,泛着蓝光,除了我们,世界上的一切仿佛是刚刚被创造出来,就连空气也新鲜得像第一次和人类接触,使你忍不住想猛吸几口。

在松厚无痕的雪地上印上自己的脚印,推想着昨夜睡梦中,雪花静悄悄地一片一片铺撒下来,耐心而沉着地改变着世界,那情景使我对冬天充满了敬意。能够这样从容、自信,冬天是深知自己所拥有的力量的。

然而,冬天的力量并不总是这样温柔地显示。大雪后的白毛风就完全是另一番情景。也许冬天嫉妒人们对于雪景的迷恋,硬要把有情感的生命都从雪地上赶开。白毛风可以连续吼上十几天,一切有水分的东西都会冻成冰坨子,不要说滴水成冰,连石头也能冻裂开花;就是在屋里,一旦夜里值班的疏忽,火烧落了,大头鞋会像树桩一样冻在地上。在关外农家,这是"猫冬"的时节,我们还要照常训练出操站岗值勤,夜间还不时有假设敌情的紧急集合。部队上的班排长,大多是青藏高原过来的老兵,他们和冬天相处得那样亲热,在风雪中嬉笑打闹,一如家常。他们教我怎样借风力取暖,怎样用雪防冻,怎样和冬天打交道。他们说:冬天专门欺负窝窝囊囊的人。你越怕冷,它越冻你,你是好样的,它就看重你。别看它厉害,可挺公正的。

一次进山背柴,返回时遇上了风雪。我砍的柴,不是树枝树杈,而是些林中枯死的小树,我就拖着这样一棵树往山下走。风夹着雪粒打在脸上,很快和汗水融在一起,稍一停歇,热汗就变成了冰。只有不停地走,才能保持身上的热气。渐渐,我的腿越来越沉,越走越慢。从身边擦过的战友,一次次要接过我背上的柴,我都咬着牙拒绝了,心中只有一个念头:

不信我就背不回去！背上的小树似乎在长,长成了一棵大树,压得我低着头,只能看见自己的一双脚,双脚好像也不是自己的了,成了一副机械,只会不停地挪动,走着走着,脚发轻了,头却沉了,耳边像是有人在小声叨咕着:停一会儿吧！停一会儿吧！眼皮也有些发黏。不好！我心里猛一激灵:这个时候千万不能倒下去。我强制自己从小树下昂起头,任冰冷的雪粒打在脸上,张大嘴巴吃进几口冷风,头脑清醒了一些。就这样,走一段,吃几口夹雪的风,让激跳的心脏稍许平静一下,再继续走。渐渐地,气喘匀了,风雪小了,路也平了,几十里的风雪山路硬是挺过来了。最后一段下山的坡道,我几乎是连跑带颠地赶上了队伍。

　　那一年,十八岁的我以满腔的青春热血取得了冬天的信任。从此,我和老兵们一样,在冬天面前挺直了脊梁,有时还会和它开开玩笑。我们成了忘年交。

　　今年初冬的一天,站在办公室的窗前,偶然望见海河河面上,冰水交错呈现的美丽曲线,我顿时感到异样的亲切。没多久,经过冰与水的几度交锋,河面终于全部封冻了。空阔的冰面上不时戳上几点凿冰钓鱼人的身影。啊,冬天依然那样从容自信,不动声色地显示着自己的力量。而我呢,当年的青春热血可留下几分？

　　无论如何,我是偏爱冬天的。在冬天那无处不在的力量中,我总是能感到自己的存在。

冬

雪天音乐

◎迟子建

我六岁。我的头发像这个世界上最易生长的植物一样在夏日的阳光下变得悠长。我是被一条大船从崇山峻岭的缝隙中给牵引到这里的。这里叫北极村——漠河。

我很少见到大群的孩子。老人们活得总是那么从容不迫,那些孩子要么是在襁褓之中,要么是在年轻女人的肚子中慢慢构造未完成的躯体,我的游戏对象忽然呈现出一派前所未有的荒凉景象。我开始热恋菜园中金灿灿的油菜花上的蝴蝶和旧房子瓦檐下倒垂的那一串串绿色的植物。但我很快在一个晚霞消逝的时候割断了这些爱恋,最直接的原因在于我当时爱上了一条狗,那是一条金色的狗,它像秋天一样诱惑着我走向它的世界。

我和这条狗是在晚霞败落的时刻离开菜园的,它带领着我走出外祖母家的院落,并且勇敢地朝着向东的小路威武地走去。我们相偎着,它的体温温暖着我的小腿。我们先是路过了一小片长方形的土豆地,土豆地的垄边全都种着向日葵,那些向日葵的脑袋因为跟着太阳转动了一天而正在垂头休息。接着我们路过了一幢高大的木刻楞房子。我看见屋门前坐着一个嘴角流着口水的男孩,我判断出他的名字与我身边的狗的名字相符。那个时候从屋里走出一个穿着黑色长裙子的高大的女人。她的头上包着一块古铜色的三角巾。虽然看不太清她的面孔,但我感觉到她的眼睛幽深而美丽,她在召唤那个淌口水的男孩回家。

我想在那停留一会儿,但我的狗却熟练地带着我像风一样掠过那里,沿着小路继续朝东走。我们又路过了一口水井,然后我们感觉到湿气浓浓地袭来,我觉得凉爽而寒冷,我听见一条江的呼吸声,我朝它走去。

它躺在我们面前,它的名字叫黑龙江。

我们站在岸上,望着对岸。对岸有鸟的鸣叫。鸟声像音符一样均匀地洒在江水和灰紫色的沙滩上。江面上自由地飘逸着一些渐晚的白雾,这些白雾像一群银色的鸽子一样悠闲地在江水上舞蹈。

我知道对岸有一个共同的人类,但却是不同的民族。这条江便分割了此岸与彼岸的血缘关系。我知道在江水中浮游的时候,我们的船只许紧靠着自己的岸边漂流,我们不能逾越国境线,我们曾用带血的武器把一条充满活力的大江砍得伤痕累累,许多的伤痕结疤后,我们在五颜六色的地图上看到了一条波折起伏的国境线,我们学会了捍卫自己的家园。

北极村的生活有着它说不清的一股风味,那风味就像夏日岭上的野菊花一样朴素而又明亮。我六岁的脚趾像鲜嫩的五瓣芍药花一样在这片古朴的乡土上有滋有味地张开着。我光着脚丫踩着温热的泥土和外婆去黑龙江边刷鞋子。

江岸上有密集的毛柳,许多的小鸟都愿意钻在其间练习嗓音,时而可以听见鸟声参差不齐地一截一截地飞来,直把人打得跟跟跄跄的。外婆怕我乱跑,就让我看管鞋子。我把未

刷的鞋子浸在浅水滩中,把每一个鞋里都装上一块石头,以免被水冲走,然后,我就会看到许多灰色的、黑色的、翠绿的大大小小的鞋子像一艘艘小船一样静静地停泊在一片明净的水下。说是让我看管鞋子,倒不如说让鞋子看管我六岁的活泼爱动的身子。那个时候我只有静静地、直直地站在岸边,像一株孤独的杨树一样青着脸把目光放到鞋上面。

但江面上飘来的一只小船却改变了我的视线。

那是一只白色的小船。船的形状和色彩都让人想起苍茫的上弦月。这条船像一条银色的鱼一样从远方颤颤悠悠地飘摇过来,桨声错落有致。我望见船上有三个人的影子,在这一团影子中,有一点粉红色显得格外夺目。

"不要瞅他们——看好那些鞋子!"外婆用一种干脆的声音命令我。

我在她的严厉的目光逼视下垂下头来,分外委屈地盯着水下那一只只鞋子,忽然觉得它们个个都是老气横秋的样子,仿佛它们身上的晦气转嫁到了我身上,我对它们产生了片刻的仇恨。

我继续看那条船。

那条船已经离我越来越近了,我看见它在江的另一侧搅起了一串粉末般细碎的浪花。船上坐着一对夫妻和他们的孩子。那个女孩和我年龄相仿,我看见的那种亮堂的粉红色正是她头上斜戴的凉帽,她那样子看起来娇媚极了!

她显然也发现了我,她开始在船上呜哩哇啦地冲我嚷着,并且把头上的凉帽摘下来向我招手摇动。我当时十分感激她的友好,我费了很大的力想把手像她一样扬起,回报她一个微笑,可我的努力终归枉然。我不知那手在与人招手示意时该怎样动作。我眼看着那条船留下几点笑声离我远去,沙滩上雄伟的哨所像一只巨大的眼睛一样盯着我们所做的一切。外婆苍白的头发像残雪一样,她仍然在埋头刷那些她永远也刷不完的几代人的鞋子。

听说,他们那儿的人喜欢游玩。男人喜欢喝酒喜欢睡女人,而女人则喜欢歌唱和舞蹈。难怪呢,我们听见鸟儿歌唱的时候,总是对岸稠于我们。我们为什么不歌唱呢?

我和我那条像秋天一样成熟、庄重、金灿灿的傻子狗,终于有一天神秘地潜入了靠东边住的老毛子家。她家门前仍然坐着那个嘴角淌出口水的傻男孩,不过这个男孩长得十分漂亮。俄罗斯血统和中国血统的交融使他成为一种具有特殊身份的美丽异常的生命,但他的智慧相对来讲却一贫如洗。我走进他家院落的时候他无动于衷,他眼睛直视着前方的一株向日葵,仿佛我是他的隐形人一样。

傻子狗停下来,很自在地和他坐在一起,它把前爪搭在他的胸前,他对这条狗终于有了反应,他低下头搬动狗爪子的时候惊心动魄地笑了几声。

我理所当然地成了这位老太太的小朋友。

她高耸的鼻梁像一道屹立的山峰一样暗示着我与她之间的界限,可她旋转的舞姿和亲昵的举止又像常青藤一样缠住了我,让我觉得春天的奔放和狂热。我六岁的热情蓬勃发展,我总是在夜深时分能比别人听到更多的鸟声。

早晨,太阳从另一片国土上浑圆地升起。我起床后常常看见晴天的日子中的太阳正朝我们的家园旋转过来。那时田野到处都跳跃着鱼鳞一样透明的阳光。我和傻子狗总是巧妙

冬

地摆脱掉外婆监视的目光,朝着向东的木刻楞房子匆匆走去。我们在那里唱歌跳舞,并且给许多有趣的植物起出新的名字——我们把油菜花称为"米粒粒",把野玫瑰叫作"刺丫头",而把山坡上那群生的黄花菜称为"寡妇排队"。

可我的外婆很快地发现了我的行踪,她在一个晚霞如血的傍晚严厉地教训了我一顿,我第二天的活动区域只能是菜园了。外婆说了,那里住着一个爱勾引男人的骚婆娘,她说不定是一个头号的大特务呢。外婆还说,你舅舅他就要入党了,我们是几代贫农,再也不能朝那里去了。连累了你的舅舅,他会像劈一只麻雀一样地劈了你。

莫名的恐怖像顽石一样压在我心上。我六岁的步子开始出现了前所未有的慌乱。而那时夏天也就流水一样地漂走了,我去江边看管鞋子的美差也因秋水扎手无法刷鞋而宣告结束了。北极村开始飘扬那些像鹅掌一样金黄的秋叶,绿色在寒气中隐遁自杀。很快,上帝又把无限的雪花大方地撒向这里的山川,黑龙江开始了冰封雪冻的漫长的冬天。

我六岁的脚趾对抗着室外的寒风时竟显得那么不堪一击。我的脚被冻坏了,冻了的地方像猫抓心一样让人难受,奇痒无比。我躺在被窝里断断续续地听一些断断续续的故事。有一天外婆说老毛子住的房子两天不冒烟了,我的心就沉了一下。又过了两天,外婆说老毛子她死了,她的傻儿子围着一堆生土豆像野兔一样清脆地啃着。

老毛子出葬的那天早晨我趴在东窗上朝外张望。我看见零星的几个人抬着一个巨大的红棺材朝山上走去,我的外婆孤零零地站在小路上为她张扬纸钱。

我嘤嘤地哭了。

将近春节的时候,渔汛到了。外祖父在这之前的几天就判断出了鱼来的消息,因为他听到了鱼群奔跑的声音。外婆和他早就备好了鱼网、冰钎等捕鱼的工具。那个时候我被冻坏的脚趾已经基本好了,所以我就要求去江面上看大人们捕鱼。

黑龙江封冻得多么严实,我站在它面前时已经听不到它的呼吸声了。对岸的山峦起起伏伏,伐木的声音像激越的掌声一样朝我扑来。傍晚的寒气无限升腾,渔火像浪漫的菊花一样火热地怒放。我的那条英俊的傻子狗忽然朝着边境线跑去,它跑得那么勇敢、自信,我没有喊住它。我见它穿过了黑龙江,在瞬间完成了一个漫长的旅程,它得意地站在对岸的山崖下撒了一泼尿,然后它又朝我跑来。

夏天的故事我仿佛全忘却了。

我站在北极村的土地上,看见大雪一片片地降落在我周围的房屋园田上,田野一片沉寂。我们共同的天空和不同的山峦全都被一片迷蒙的白色所包围着。我六岁的头发在寒风中变得柔韧而美丽。

在这异常寒冷的时刻,我忽然听到了鸟儿的叫声。鸟声显得很稠密,说不清是什么鸟在叫,也分不清鸟声是发自此岸抑或彼岸,但我感觉到温暖的音乐在雪天飞翔,天地在刹那间变得豁亮起来。

我是你的雪人

◎张立勤

雪人是什么？堆雪人的力量又是什么？

——题记

雪一整夜都在下着，大约到中午时分才停。雪停止的刹那，我听见四面八方的雪沙的一声，收缩起自己的肢体，然后就冻住了。冻住的雪，有了冰山般不可摧毁的气势，即便太阳直射在上面，都仿佛改变不了它们什么。我第一次发现，雪首先是冻成一个又一个细小的晶体，然后再相互冻结在一起。那种瞬间的，或许是逐步的冻结，闪着透明而不可告人的光泽。于是，我自己认定，雪的消失不是从融化开始，而是从冻结开始！

汽车一辆接着一辆地从公路上开过，被辗轧着的雪就在我的眼前扭动、起伏，发出痛苦的叫声。如果是大卡车，还会有一大片雪从地面上掀起，尾随上去，再被抛弃，很像我内心中某种情绪的演化。公路中间，到处是印着轮胎花纹的车辙，车辙两边的雪泥突兀在天空底下。那是何等显著的突兀？其形式又是多么的塌陷，多么的破败。后来，我看见了我自己的羊皮靴，踩着厚厚的积雪朝着远方走去。我的羊皮靴：黑色的、半新而柔软，侧面的金属扣，反射出刺眼的雪光。曾有一个时分,我居然看见了我的羊皮靴独自在雪地中走着,而我的躯体却不知去向。我的躯体呢?一种飘动而无形的感觉,在羊皮靴的四周萦绕。而雪地,却若江河似的一泻千里,上面留下了我的波浪般的靴迹。

　　雪停了两三个小时,就又下开了。一大团一大团的雪,中间留着空隙,切入我自由的思想。我没有回家,也不想回家。大雪天,我跑出来真的是不想回家吗?大约是的。家是什么?家是一个我无处可去的去处,它无非就是一间房舍而已,那一刻我真的这么想。一间房舍,空空荡荡的,对于灵魂没有什么意义。然而,当我有处可去的时候,比方说:现在的冰天雪地。当冰天雪地成为了我的一个去处——"去处",应是一个十分宽泛的范畴,它超越了一间房舍,甚至也超越了冰天雪地。是的,能够让心灵住下来的地方,怎么会完全与一个地理意义上的地方等同呢?只局限于一间房舍?许多年了,它禁锢了我的躯体和想法,可我是自作多情地被它禁锢的。我躲在里面,一出生就被"躲在"里面的习性所驱动,远离了原野、河流和天空,而岂止是远离了这些东西呢?并且,我还为"躲在"这样的愚蠢行径,付出了全部的青春年华。

　　我的确需要通过一个表面的途径,去抵达我的理想,像今天的冰天雪地。而有的时候,这个途径又是眼睛看不到的,比如:孤独,或怀有,或神往——我必须经过这样的途径才可能接近我的去处——一个不被记得的,一个久违了的,一个无比朴素的非现实的地方!它是天堂吗?也许不是。它是一首诗吗?也许不是,它是一个不知吗?也许不是,又也许是!但是,每当这样的一个地方,或这样的一个地方的感觉出现之后,我会不顾一切地去奔赴的。

冬

　　我真的不想回家！这是一秒钟之内产生的冲动。一秒钟的时间，假设被冲动支撑，就一下子被拉得无比的漫长。我在这样的漫长中跋涉着，没有负疚与倦意——我爱冰天雪地，超过了爱你吗？你知道我爱你吗？我觉得你是不知道的！我心里想着这个问题，想得纷纷扬扬，煞有介事。我朝前方走去——一个下雪的前方，除了下雪还是下雪，除此，还有一个与雪人相关的传说。前方，占据着我的全部情感，时间的感觉已不复存在，那双羊皮靴仍旧在独自前行。为什么我朝着前方，而不是朝着身后？下雪的前方，究竟有什么东西在吸引着我？行走中的我，确实是不得而知——我的前方，是无边的司空见惯的雪，如果是司空见惯，还有什么诱惑可言？一座雪地上的城市，四周是覆盖白雪的山峦，眼前是这一条直指天边的公路……在上苍面前，我忽然意识到一个人，或者说一双古老的羊皮靴——在诉说，隐隐约约的，你都能够听得懂吗？我认为是不会的。所以，我想听懂什么的愿望，一直固执地存在着，它让我不安和忧郁。我终于想起来了，一个我堆的雪人，堆了那么的长久——谁没有堆过一个雪人呢？在我生长的冬季，我在雪地上堆着雪人。我一大捧一大捧地捧着雪，捧得我双手发痒而红肿。我来来回回地捧着，堆着，一个雪人就渐渐成型了。其实，堆雪人的要求十分简单，一个大致的上半身和头颅，一双大致的眼睛和鼻子，有没有嘴都没有关系。最后，我用力拍着我的雪人，将我心里的冲动和愿望都拍了进去。我还想把它拍得坚实一些，使它耐得住袭击和消逝——雪人是什么？堆雪人的力量又是什么？我难道堆的是一个世纪之前的我自己吗？或者是更为久远的我自己？或者我堆的是我心中爱的一个人？可以断定的是，我堆的雪人从来都是一个男人!一个憨厚的、不爱说谎的、眼睛黑亮的男人——可是,太阳出来了,我的雪人化掉了……

　　一条公路,似一把尖刀刺入我虔诚的心愿。低矮的天空,比往日显得更加的抑郁和肃穆,可我依然想不清楚,雪落在地上是否我只能直观地去描摹它,而根本诠释不了是雪带来了冬季,还是冬季带来了雪这一命题。是的,有许多的疑问,永远都有许多的疑问的我,走在雪地上,走吧!在那座寒冷的城市,下雪就是下大雪,大团大团的雪,而不是小雪。它们忘乎所以地砸向山脊、屋顶、公路和那条河流。那条河流,从城市的中间穿过——下雪天,如果是夜晚唯有那条河流,连眼睛都不眨一下地看着大雪是怎样下的,知道雪下得快乐还是不快乐。我睡着了,可河流永远都睡不着,而我只能听见那流水的声音粗暴地在雪中回响。此刻,我走的这条公路,离那条河不远,我知道我需要走多长时间才会走到河边。因为那是我每天上班的必经之路,是沿河而上的一条公路。我上班下班从河边走过,河水在身边流淌。我眼睛不看,实际上也在看着,一条泛着浅浅波光的河流在流呀流,永远流个没完。今天,我顾及的是无语的大雪,而不是河流,我走神儿了。乌云很厚,天空比往日显得低垂了许多,我想伸出手臂,就以为自己肯定够得着天空。这怎么可能呢?我的双手一直都插在裤兜之中,手指已被冻疼了。公路按照它自己的方式,依旧向前延伸,不管你走在上面没有。雪也依旧下着,路边的树们伫立在原地,浑身上下都是雪挂,唯有树干还暴露着它龟裂的树皮。我忽然渴望,树变白了多好。我不知道,我的脑子为何出现这种念头,一个雪盲的念头?我往往爱被自己的杂念所催眠。为什么就不可以雪盲呢?生活中,有多少事情都是由于自身

冬

某个器官发生了改变,下面的情景才会跟着发生转变的,比如失聪。由于失聪,你才听到了正常的耳朵听不到的天籁之音和内心的轰鸣……我在试图得到另外一种视觉效果——整个世界全都化为白色的符号和幻象在飞,飞走了就不再回来!

雪人的我!这是一个顽固的愿望,我被它左右了许多许多年。为了那个融化掉的雪人,也为了另一双眼睛——两个煤块,作为雪人的眼睛——那曾是我的眼睛,是我能够看到遥远的过去和爱情的眼睛。可是,目前的我完了,我那关于雪盲的渴求与想象,它过早地出现了,也就过早地衰亡了。黑色累累的冬树,在雪光四射的雪地中分外凝重和严厉,它们将我的愿望就地肢解了,毫不客气。没有出路的我,的确,目前我的精神困境就是这样。在雪地中走下去吧,一直走下去吧!也许,事情并没有那么严重,也许,出来走走情况就会发生转机。其实,困境和悲观,并不是生活的全部,我完全没有必要跟自己过不去。今天,我为什么就不可以,大脑一片空白地在雪地中走下去呢?

这条公路,是进出这城市的唯一通道。我边走边望着公路的尽头,就总觉得自己看见了那个山口,及山口那儿的神出鬼没的狼群。狼是跟大山不可分离的物种,不可分离了千百年了。我敢肯定,我的目睹每次都是在一个下雪的天气,在雪的反光下山口与饿狼在一起撕扯,撕扯得血肉模糊。至今,本地人仍旧在说,他们看见过雪地上狼的脚印。我在那座山城住了十多年,也曾对雪地上大小不一的脚印,有过类似的猜测。然而,我并没有断定那些脚印,哪些是狼的,哪些是半夜出来散步的我自己的。我一般在夜里十二点之后出来散步,因为我一直觉得深夜中的一切是不分古今的——那时,我完全成为贯穿时间的我自己。我也想过,假如那些似是而非的脚印就是狼的,也说明它们得等到我回家之后,才从山口处扑向这座城市;之后,又必须在城市未醒之时迅疾离去。我曾同情地想,它们的逃离,该是何等的仓皇和没有收获。是的,狼是不应与我认定同一个方向的,它们本应背对着城市去觅食的,离城市越远越好!雪地上,滚过我与狼相似的渴望与饥饿,而狼是在我之前就出发了。"之前",是被现代人顾及不上的一种时间概括,就在那样的一种近乎不可记忆的记忆里,我想我一定是一个雪人目睹过狼的悲剧!一个肉体上的饥饿者,与另一个精神上的饥饿者,在同一块土地上交织着奔走呼号——我的一个饥饿的年龄,在冰天雪地中鲜花般怒放着,过后,被积雪全部吮吸了去。我的心痛了,我的眼泪冻住了,我堆的雪人从那时起就试图融化了!由此,天空的死寂,变得更加的死寂。雪,继续下着,下吧,下吧!

我走了很远的路,也许走向坡下那位诗人的家,也许走向那个山口,也许走向那条结冰的河流……那天,我走到了大山脚下。从光秃秃的岩石上,有一种凛冽的寒气直逼过来,山峰上的积雪闪着夺目的光芒,对比之下,天空反倒显得淡薄了许多。一条河流,紧挨着大山冻结着,这是从城中穿越的那条河的上游。它们安静地冻结在大山身旁。不到春天,我是看不到河水从山的缝隙流出来的。河流在大山面前,跟在平地上给我的感觉决然不同,它们宽阔而向天空翘首,又分明纤细地沉落了下去,毅然地沉落了下去。寒风带着蓝色的斑痕,幽灵一样在空气中抽动不已。在那样的山河面前,我独自一人,大雪狠狠地下了我一身。

后来,我便看到河上一个穿黑皮裤的男人,一手拿着钢

钎,一手拿着锤子,在哐哐地凿击冰层,那凿冰的声音,空洞而孤单,像要凿开一个神秘的寓言。书上说,寓言总是源于一些不平凡的事件的,这些事件的主角,大概不止是人类吧。在冬季,我居住的城市尽头,永远横亘着白雪皑皑的大山,也横亘着岁月和爱情的无情。其实,我终是看不到山口的,更不会看到山里面发生的事情。但总是有人看见的,他们是猎人,或是我的那个诗人朋友。我相信,大雪纷飞中一定会有寓言般的东西朝我靠拢,我也朝它们靠拢……我伸出我已冻得发红而透明的双手,一片雪花从雪团里钻了出来,眼泪一般落在了我的手心上!

冬之梦

◎乔迈

冷冷的冬夜,没有星,没有月。

雪片飞舞着,无声息地落到旷野、山中、森林和冰面上,把人间造就成蓝幽幽的银白。

寂静而又圣洁的夜,我独自跋涉在郊野,不知从哪里来,也不知往哪里去。

我错过了宿头,又迷失了路径。

我的额前湿漉漉,雪片落到上面便融化,于是我的脸上有了几道小溪,小溪们流到嘴角,咸咸的,我知道那是我身内的水;甜甜的,我知道那是我身外的雪。

有"啊啊"的沉宏的声音在远处近处响起来,我知道那不是狼嗥而是一种力的呼叫,但我找不到响应那呼叫的路。

突然,我发现风雪中有一束灯光在闪,它向我发着那么温暖的橘黄和淡红的光,仿佛在暗夜中应接着我求助的心和眼睛。

我奋力扑奔了过去,跌跌撞撞,感动得流出了眼泪——使我心荡神摇的小屋呵!

我疾步来到窗下,毫无顾忌地敲打窗棂。

屋子里边没有声息。

我激动万分地叫着:"我是迷路的夜行者,请借我一席歇

脚之处,或示我前行的路途!"

屋子里边没有声息。

紧接着,灯也灭掉了。

我举起冻僵的手指,想再敲打窗棂,但我突然醒悟了,大叫一声,回头便狂奔。大风雪中,我跑得精疲力竭,直到跑出了自己的梦境。

我为自己的愚蠢感到惭愧。我诚然是个迷路者,但大风雪的夜里也是人们小心防范的时候。我尚且不知人家,人家又何以知我?何况我又那样毫无顾忌地敲打窗棂,那样激动万分地叫。我深深自责,梦中窗下的一幕竟又时时浮现在眼前,使我的心隐隐作痛。我愿付出任何的代价,让我回到梦中去,为的是向那风雪中的小屋,向那温暖的橘黄和淡红的灯光,替我自己剖白,然后让痛苦的雷焰焚灼我的心,使它烧尽,我再独自前行。

室内乐:冬季

◎赵柏田

落下

　　雪落下。雪自北向南落下。雪自西向东落下。2004年的第一场雪落下。亲爱的,雪在落下。雪落在公园。路上的化了,草尖和矮树上积了薄薄一层。路是黑的。草树是白的。修剪成各种弧度的草坪。各种弧度的白。亲爱的,雪在落下。落下。落下。雪落在街上。雪落进河里。雪落在竹福园。雪落在天一家园。雪落在万安社区。雪落在文化家园。雪落在柳西新村。雪落在柳东新村。雪落在外潜龙。雪落在黄鹂新村。白鹤新村。朱雀新村。雪落在盐仓小区。雪落在中山西路。落在长春路。苍松路。翠柏路。公园路。槐树路。环城西路。环城北路。镇明路。落在白杨街。马衙街。天一街。药行街。三支街。大梁街。大闸街。白沙街。樱花街。雪落在会展中心。文昌大酒店。新时代。老外滩。雪落在闪亮的铁轨上。雪落在长城皮卡辗动的车轮下。雪落在桑塔纳2000辗动的车轮下。雪落在奥拓辗动的车轮下。雪落在十吨加长的一汽大卡辗动的车轮下。雪落在它们喷出的尾烟里了。雪落在效实中学门口的大理石雕像上。雪落在烟囱里。

冬

雪落在垃圾桶盖上。雪落在菜市场的玻璃钢瓦屋顶上。雪落在正午十二点的钟声里了。雪落进南塘河，中塘河，西塘河，北斗河。雪落在水上腐朽的船体上。雪落进窗口。雪落进大海。雪落着。落着。落。雪落在一年级的小朋友黄晓易的脸上。雪落进了她的眼里。黄晓易哭了。一大群孩子从教室出来，在走廊上哄抢雪花。黄晓易的哭声湮灭了。也可能她早就停止了哭泣。张本群一大早坐中巴车冒雪去了余姚，去打点她在华联商场里的服装专柜。童含烟早上起来看到雪压着草尖和树枝。张海云一整个上午透过元祖蛋糕店的玻璃拉门看着雪落下。娄素珍在公交二公司财会室的窗口看着雪落下。更多的人在雪中走。吕元海在雪中走。凌可在雪中走。李亮在雪中走。郑勇在雪中走。小东在雪中走。楼松华在雪中走。严芳在雪中走。晓路在雪中走。雪落在他们脸上了。雪落进他们眼里了。

一整天我都坐在窗口看着雪落下。一小时。二小时。三小时。我看着雪落下。看着雪后面铅色的天空和黑黑的屋脊。雪开始落下是斜着的。风把它们的身子吹斜了。雪下大了，是缓缓的，直直的，落下。细小的雪比大片的雪落势要快。细雪，雨夹雪，看着它们时间是这样走动的：滴答，滴答，滴答。大片的雪落下来把时钟的脚步滞住了，它走动的声音变得缓慢：滴——答，滴——答，滴——答。越来越慢。慢。慢下来。慢。更慢。睡眠一样的慢。我坐着。多久了？一小时？二小时？三小时？雪还在落。雪明天还会不会落？雪落下。一整个世界都在落下。亲爱的。雪落下。落下。落。

184

旧房间

床很旧了。坐上去,席梦思床垫的弹簧吱嘎吱嘎地叫。外面的布罩也磨损得起了毛。一点五米宽的双人床,它再小,也是这个房间的主体。吊灯。灯架和灯泡都积了很厚的尘。光几乎穿不过它。墙布,床头的几张起了翘,大多还都是平整的。看得出这套房子装修时,贴墙布的手艺不错,还干得很细心。只是墙布的花纹过大,使得整面墙看上去有些偏暗。地板的颜色,暗红,一种凝滞、沉闷的红。材质是樱桃木,比杉木硬,但还是留下了一处处凹痕和划痕。房门口一大块地板的漆色,呈扇形磨蚀了,由于不住地开门,关门,磨蚀了。这是我住过一年的房间,一套带家具出售的屋子。孝闻街。白衣巷。七十五号。我常常这样对人介绍它的方位:中央花园对面。中山公园后面。广仁街前面。斜对着第八中学大门。我现在还能记起的房间里的家具有这些:两只床头柜,电视机柜,一排书架,两只矮柜,都是水曲柳板材的。两盏台灯。底座是青瓷的。门后的嵌入式鞋柜。一台二十一寸松下彩电。增频器(它放在电视机上)。遥控器(碎裂的后盖板扎满黑胶带布)。一对音箱。万利达VCD碟机(三碟,已坏)。功率放大器。这幢楼高六层,第一层从一个大平台算起,所以它的实际高度应该是七层。我的房间在四楼,实际的高度应该算是五楼。楼道里有十二户人家。水表一月一抄,我住一年,十二个月,正好轮上一次。这样,至少有一个晚上,至少一次,我敲响过这些人家的防盗门。我的房门,也被十一双甚至更多双手敲开过。一般是在晚上七点过后,楼道空空的腔体内回响着字正

腔圆的《新闻联播》,一个人的脚步声开始在楼梯里无休止地响。上去。下来。上去。下来。再上去。再下来。开门。关门。然后安静降临了,疲惫灌满四肢,爬上眼睑,《焦点访谈》还没开始,楼道就提前进入了黑暗和睡眠(而这时,对面的汉通大酒店和二十四层高的中央花园的灯火像圣诞夜的城堡一样闪亮)。有一家,一个男人,他睡着时的鼾声极具穿透力,午夜时分穿过几重墙就像只隔了一层纸。呼。呼呼。呼噜,呼噜呼噜——吭!呼。呼呼。呼噜,呼噜呼噜——吭!呼。呼呼。呼噜,呼噜呼噜——吭!呼。呼呼。呼噜,呼噜呼噜——吭!他的床,是在这一边的隔壁,还是在那一边的隔壁?还是隔壁的隔壁的隔壁?他的呼噜声让我的睡眠像一个球总也按不到水底下。按下去,浮上来。按下去,浮上来,溅出更大的水花。午夜听着这声音真让人绝望。白天。我和他们中的一些在楼道上遇见。点头。微笑。好。好。吃了?吃了。我还能记起我的这些邻居们:一楼,一个长年坐在残疾车上的瘦小的中年男人,脸白得没有血色。照顾他起居的是和他同样瘦小的父亲。两个男人。两个瘦小的男人。一个没有女人的家。二楼。公务员丈夫和他的护士妻子,他们的儿子就在小区后面的第八中学念初中。那个瘦得很骨感的女人一在楼道上出现,总会扇起一阵药水的气味。对门:男,下岗。女,不详。三楼的老太太,每天三次,按时把她一百八十斤重的笨重的身体在楼梯上搬上搬下。早锻炼。上菜场。午后散步。她总是一手拉扶梯一手拄着杖。走三级,喘会儿气。再走三级,喘会儿气。四楼。我的对门,男的是一家商业银行的电工。女的是酒店服务员,因为她穿的基本上都是酒店的蓝色工作服。有一次她被关在门外,我听见她这样叫她丈夫:老刘!老刘！于是我知道那个男的姓刘。他们的儿子小刘，十三岁，或者十五岁。上下楼梯总抱着一只足球，头都在腾腾地冒着热气。还有一天，一个漂亮的女人提着一只购物袋唱着歌从楼上走下来。"纤绳荡悠悠……小妹妹我坐船头"。五楼的？六楼的？她站在四楼的楼梯口停住，一笑，递给我一张名片，自我介绍说在房产中介公司工作。"纤绳荡悠悠……小妹妹我坐船头"。我发现她下楼梯的脚步声把这支歌的速度加快了两倍。整整一年，我和他们，生活着，在一起。呼吸混合着呼吸。梦重叠着梦。这套房子的房龄十一年，以前的主人是一个警察，他和他的妻子和儿子在这里住了六年。警察以前的主人呢？我住了一年还差五天，接着搬来住的是一对退休的老夫妻。以后的主人会是谁？以前的主人和以后的主人我都不会知道。我只知道，有一年差五天的时间，我和我这里的邻居们生活着，在一起，呼吸混合着呼吸。梦重叠着梦。我搬走的时候，把那些旧家具和家电都处理了。我迫不得已使用了别人使用过的东西，现在我不想再让我的气味进入别人的生活。拉走它们的是一个东阳口音的中年男人。他把这些东西堆在三轮车上，上面还坐着他的女人。车子颤颤巍巍地开出小区大门。我陪着他们下楼是因为我必须在小区保安那里签字证明是我让他们拉走这些东西的。这一屋子的旧家具经过讨价还价后我记得是这样成交的：双人床，120元。床头柜，20元。电视机柜，30元。书架，10元。矮柜10元。松下彩电，50元。一对音箱加万利达 VCD 碟机加功率放大器，50元。两盏台灯，附带赠送。但在搬动的时候，一盏台灯的青瓷底座从那个男人的手上滑落，碎裂了。

室内乐：冬季

微暗的火

　　早晨一坐上火车我就在看这本叫《迈克尔·K 的生活与时代》的小说。K 推着一辆自制的小车,送他生病的母亲回出生地去,途中 K 的母亲死了,K 背着一只骨灰盒来到一处废弃的农场里,为了果腹,K 在一个月夜杀死了一只羊。一个个白天和黑夜,K 听着死寂和宁静,他希望母亲的灵魂因为靠近了故乡而得到解脱。想到昨晚上看柴可夫斯基,说到电影给人心痛的感觉,那么小说给人的这种心痛呢,这种心痛的感觉应该就是生活的感受。看到书的第七十页,火车到站了,我折了一只"猫耳朵"下车。午后的缱绻时光,我躺在床上打开的是一本叫《菲亚尔塔的春天》的小说。只是阅读的场景从火车移到了房间。时间那么长,我又无所事事,除了看几本带来的小说我都不知道做什么了。我躺了会儿,突然觉得口渴得厉害,起来烧了壶开水,喝了杯热茶,从十二楼的高处看出去,刚下过雨,地还是湿的。从早上到现在,天色都是这样灰蒙蒙的。灰蒙蒙的天空下的邮政大楼、化棉厂的烟囱、泛着白亮的天光的候青门河,这一切又陌生又熟悉。"波斯猫踮着它的脚尖"。S. H. E 在电视里不住地唱着这首歌。是什么踮着它的脚尖在大街上走过? 雾,雨,街角那群小鹿一样蹦跳的女人? 我还带来了《黑暗中的笑声》。这本邪恶的小说我是第二次看了。我忘不了这样一个场景:在一个大房子里,一个妖艳的女人,和光着身子的情人一起,捉弄她失明的丈夫。

　　下午的茶馆很安静,穿着蓝印花布的女侍应不时进来加水,透过没合实的布帘可以看到不远处的包厢里坐着一对男女,不知在私语着什么。小茶壶里的水在一豆大的火苗下冒着热气,发出轻微的沸声。茶一倒在陶瓷小杯里,顷刻就凉了。她穿着丝光棉短袖,一条灰色衬里的黑裙子。眉细细地描过,显得眼睛格外的大。她来之前肯定刚做过头发,定型的发胶硬硬的。她告诉过我,她家都是基督徒,我问她是不是,她说:"总有一天我会是主的女儿。"但她一直没有受洗,她母亲说她太贪,贪世间的繁华。她从事过很多种职业,开过摩托车配件店,做过房产公司的经理,用她自己的话说是在社会上混的。现在房市萧条她失了业,她说自己是在休整。她用了"休整"这个很书面的词。她的声音和电话里一样,听起来有些沙,很性感的那种沙,那语气却是活泼的。站在浴缸哗哗的水龙头下让人感到快要窒息了。我把水温调高了些,让背部有烫灼的感觉,好不让自己太兴奋。可是抵达的战栗还是让我紧紧抓住了浴帘的不锈钢杆。我觉得自己正变得像一只气球,轻飘飘地向天花板升去。就像夏加尔《生日》里画的。她成了一团火,一团微暗的火。她的腰拧转过去,像在同虚空中一个无形的身体迎合着。如同一条鱼跃动着要努力跳离水面。我能感觉到她在抑制着自己,又在抑制中享受着。她迷乱的眼神里好像有一种她自己也无法控制的力量。当浪尖把她抛到高处,她的叫喊满屋子飞了起来。躺下时漾满了整个胸的乳房,轻轻一碰就像盛满了水的容器动荡不止,她承载着,像一具容器那样承载着。生活中的欲望有着多个出口,其中之一就是转化为艺术中的情色。当欲望消退,她长着的一对乳房,却是扁平的,没有型的那种。我觉得这对乳房并不像我想象中那样好,甚至不如从衣服外面看着好。一个叫罗兰·巴特的法国人说:间断最具情色,女人的性感不是在她裸

体时,而是在衣服的连接处。我坐着,点起一支烟,翻开刚刚买的一本诗集。我发现自己买了本一个同性恋诗人的诗集。我喜欢这诗集月光一样的语调:那间房廉价又污秽/隐藏在那家可疑的旅馆上/你可以从窗口看到那条/又脏又窄的小巷,从下面/不时传来工人们/打牌作乐的声音/窗边的那张床/阳光照到一半。

大风

　　我听着风的奔跑。在十一楼上听着风的奔跑。这么大的风声。呼呼呼。呼呼呼。呼呼呼呼呼呼。呼呼呼。呼呼呼。呼呼呼呼呼呼。吹过来。又吹过去。像少年人的口哨。像是古人所说的啸,长啸。像一只巨兽的喘息。我现在发现风声也是有着它的心情的。他很暴躁。他很不安。他很焦急。它好像要挤进我的窗户来。冬天了还有这么大的风吗?印象中,应该是在早春才有这么大的风。可偏偏是冬天刮了这么大的风。我一侧过脸就可以看到姚江。日光下,它不再是舒展着的女体,倒像是一面镜子。我看着一片云在镜子上飞快跑过。又一片云在镜子上飞快跑过。现在我的桌上摊着一本《佩德罗·帕拉莫》。半天了,我的眼睛还在它的开头一页。"我来到科马拉是因为母亲死之前对我说,我的父亲在科马拉,我的名字叫佩德罗·帕拉莫。"第一次看这小说是七年前吧,一辆长途车上。从余姚去长兴的长途车。现在我看着每个句子,都是那么熟悉的朋友。在长兴我认识了黄立宇。他背着一只巨大的包去宜兴买陶壶。他和我在湖州的大街上游荡。1999年国庆我去舟山看他。2001年听说他肝脏有病。

进了医院。后来是他结婚的消息。再后来没有了消息。现在我看着这个句子想起了黄立宇。我来到科马拉是因为母亲死之前对我说,我的父亲在科马拉,我的名字叫佩德罗·帕拉莫。现在我听着风的奔跑想起了黄立宇。

帽子

他是一个听到门前落叶的声音都会大吃一惊的人。当他一个人待在一间屋子里,看到桌上有一顶帽子,不把它藏起来或是上面压件东西,他会一整天不得安宁。他总觉得,这顶帽子被孤单地丢在那里,一定包含着什么寓意。他甚至想到,在某个时刻——或许他那时已经入睡,会有什么东西跑来把它充满的。现在他大睁着眼,躺在黑暗中,看着写字台上镇纸压着的一顶灰色呢帽(那是一个夜访的朋友忘了带走的)。我看见十年前已经死去的父亲悄悄推门进来,拈起那顶帽子,吹了吹上面的灰尘,转身就要离去。哦,爸爸,不要!他喊了一声,醒来,双眼不知什么时候已满是泪水。

记忆重筑

如今我说到某个事物的时候总是想到它背后的另一个事物,比如一件早晨刚换上的外套,它久违的气息让我好像闻到了那一年早春青草的气息,我穿着这件外套去参加了外祖父的葬礼,回来的时候又淋了一场大雨。比如这本叫《佩德罗·帕拉莫》的书,它的背后是一次不长不短的旅行、五月的长兴县和一个小个子的小说家朋友。或许有人会怀疑我是不是老

了——因为看起来我好像是生活在回忆中了——还有一种猜想是,我把记忆的重筑作为了每日的功课。只有我自己知道这样说时我内心的宁静与忧伤,就像那个从一块小茶点里回想起整个贡布雷庄园的伟大的哮喘病人,有谁能领会他凭此创造出一个世界的喜悦?说出一个事物,然后发现这事物背后的另一个事物,发现它们之间的联系——广大的世界不也是这样联系着——这就是他创造的一种新美学。我是什么时候成为了这新美学的信徒?因此我可以说了,这个春天的后面站着另一个春天——是1988年的春天还是1999年的春天?——这本书的后面站着的是另一本书。

暖冬

雾涌着。从东街到西街。从世纪城、荷兰村的中产阶级居住区到尹江岸的老住宅小区。不不,雾并没有一个方向,它无边无际地铺展着,就像你不知道这个早晨风向哪个方向吹。它更像是从地面生长出来的,大地的一层膜。楼群沉灭了,城市沉没了,周遭的世界像一个衰弱的老人,缓慢地醒来,缓慢地下地、行走。雾,这史前的巨兽,它让时间行进的速度变得迟缓、笨重,没有方向。它还有着强大的腐蚀性,它经过的地方,树木像汗毛惊恐地竖立。你看着一张脸像鱼一样从雾中浮上来,看着又一张脸从雾中浮上来,像鱼一样张大嘴呼吸。"可是,可是,你想象过人像鱼一样做爱吗?"这是风情的米兰达在湖边对参议员情夫说的话,那些肌肤相贴的男人一点痕迹也不留,像水波一样一纹纹地远去、消失……总是这样,十二月之初,多雾的季节就来了,雾在大街上,涌过来,又涌过去。

暖冬生活一日的开始:这现代工业烟雾和尘土颗粒的混合物,扁着身子从没有合实的窗户硬挤进来。墙壁,衣橱,餐桌,毛巾,地板,抽水马桶,书籍,碟片,室内什么都是潮湿的。镜子是污秽的,早晨的镜子尤其污秽。边沿部分尚显清楚,镜子中央就像一张出了麻疹的脸。凌乱的家具,床单上的毛发,换洗的内衣裤,植物溽烂般的体味,翻开一半的《阿尔特米奥·克罗斯之死》,镜中的脸,疲惫,灰暗,慵懒,那么重的梦的痕迹。

把词语擦亮!譬如说到雾,十年前我会这样说:"拍打我的白色手掌,是安慰世界的谎言。"雾是一只白色的手掌吗?雾是一场谎言吗?说到雨:"一场雨蛰伏农谚背后已经好久了。"雨为什么要躲到习俗的背后去呢?说出它为什么就不能从天空到大地的直线般直接?星星是这样:"我的花园布满了星星的碎片。"索德格朗,她在这里作了一个人描写练习的引语。我二十世纪九十年代的写作被这些臆想式的句子充满着,被文化、习俗、引语、成见各种各样的紧身衣束缚着,回头看去就像是另一个人写下的。在我陶醉于它们小小的机巧时,物被蒙蔽了,就像我说出雾、雨、星星,这些词与它们的本相也越来越远了。如此,这个早晨我没有走出屋子的必要了,我要做的,就是看着雾在街上奔跑,看着它在阳光下变得稀薄,最终消散。气象专家在电台里说:雾是接近地面的水蒸气,遇冷凝结后飘浮在空气中的小水点,霾,是空气中微小的可吸入颗粒物累积过多而形成的一种薄薄的"灰幕"。雾中的脸,雾中的车,雾中的楼群,雾中的树。世事一无可知,我们总是有那么多的知。

敬 启

因为某些技术上的原因,致使本书的个别作者尚未能联络上。敬请见书后,即与责任编辑联系,以便我们及时奉上样书与薄酬,并敬请见谅。